JN107742

Tokiha & Xuan

「仮面の男と囚われの候補生」

仮面の男と囚われの候補生

犬飼のの

キャラ文庫

この作品はフィクションです。
実在の人物・団体・事件などにはいっさい関係ありません。

目次

仮面の男と囚われの候補生 …… 5
初めての蜜月 …… 183
あとがき …… 242

口絵・本文イラスト／みずかねりょう

仮面の男と囚われの候補生

西暦二〇××年、エリアJ。

千人以上の孤児を収容する大型孤児院ハルニレ学園に、今日も甲高い笑い声が響く。

「トキハ、おなか空いてないんだってー」

給食当番に向かって、桜がいった。「了解でーす」と当番が答え、みんなが笑う。

愛らしく美しい桜は学園長のお気に入りで、まるで王子様気取りだ。

桜に目をつけられたら、まともに食べられない。風呂にも入れない。着替えももらえない。

逆らえば物を投げつけられて、ボコボコにされるのがオチだ。

「……っ、俺は……昨日も……」

「はいはい次の人、早くしてー。ブスが伝染るよー」

給食の列を仕切る桜に足を引っかけられ、トキハは空っぽの器を床に落とす。

メラミン製の器は割れることなく、カランカランと音を立てた。

ゲラゲラという笑い声と重なって、耳の奥が痛くなる。

今日こそ給食を食べたかったが、またなにもいえなかった。

桜は自分と同い年で、ほっそりとしていて怖くはないけれど、桜の信奉者たちに集団で物を投げつけられるのは御免だ。あれはとても痛いのだ。

教師に訴えたところで行き着く先は学園長で、桜のいいなりなので意味がない。

「あーやだやだ、どっかから酸っぱいにおいがただよってくるんですけどー」

桜が鼻をつまんで顔をしかめると、見渡す限りほぼ全員が「くっせー」と同じことをする。

滅多に風呂に入れないのは桜のせいなのに、着替えられず臭くなるのも桜のせいなのに……自分が恥ずかしくてたまらなかった。文句をいいたくても、自信や尊厳を奪われていて言葉にならない。

そもそも、孤児の身で胸を張って生きるのは難しいのだ。

トキハは捨て子で、物心ついたときからここにいた。

親に捨てられたのは、めずらしい目の色のせいだと思っている。

エリアJでは、左右の目の色が違うオッドアイをひどく嫌う。不幸を呼ぶといわれていて、オッドアイの猫に遭遇したら十字を切る風習があった。

それとはまったく別に、紫の目も忌み嫌われている。

嘘(うそ)かまことか、前世で魔物だった者の証(あかし)だといわれているからだ。

オッドアイと紫眼(しがん)――不吉とされるものを二つも持ち合わせた自分を手放した親の気持ちも、わからなくはなかった。きっとあまりの不吉さに絶望したのだろう。

だからべつにうらんではいない。豊かな孤児院で一人だけ飢えて不潔な姿でいるのも、目の色のせいだと思えば責任転嫁できて楽だった。

自分は運が悪いだけで、それ以外のおちどはないと信じたい。

みんな不吉なものにかかわりたくないのだ。それは正常な心理だ。

現になにも知らない乳幼児は、世話をする自分によくなついてくれる。

指を握ってにっこりと笑いかけてくれることもあった。

そういうときは、やはり思うのだ。

もしも左目の色が右目と同じ黒だったら、自分はみんなに忌み嫌われることなどなく、そもそも孤児院にいることすらなく、親もとで幸せに暮らしていたのかもしれないと――。


誰も同室になりたがらないため乳児と同じ部屋を与えられているトキハは、自室ともう一つ、気を張らずにいられる場所を持っていた。

宿舎と校舎の間にある図書室だ。利用可能な時間には必ず司書がいる。

マナーに厳しい老婦人で、私語は厳禁。桜たちも手が出せない治外法権の空間だ。

自由になる時間の大半を、トキハは図書室ですごした。

本を読んでいるときは、自分の立場や他人との関係なんて少しも気にならなかった。

物語の世界には一人で入るのが当たり前だし、周りに誰もいないほうが集中できる。

どんな世界も俯瞰(ふかん)で覗(のぞ)き込んで、この世には様々な人間がいることを知るのが好きだった。

親の愛情も仲間との友情も、現実には得られない無縁のものだけれど、本の中にはあふれている。読むだけで少しは知った気になれたし、一冊読むたびに成長できる気がした。

だから、トキハとしては当然だったのだ。

その日、たくさんの本を寄付してくれた篤志家に直接お礼をいいたいと思ったのも、そのために普段とは違う行動を取ったのも、自分としては当然のことだった。

ハルニレ学園には、篤志家が帰るさいにみんなで並んで礼をいう習慣がある。

トキハは「お前は不吉だから出てくるな」「みっともないから隠れていろ」といわれて常に不参加だった。

学園長や教職員の命令に逆らうことはなく、トキハはいつだって図書室でやりすごした。

窓から眺めることもあったが、篤志家がどんな人物かなんて興味がなかったし、寒空の下に立ちたいとも思わない。これといって不都合な命令ではなかったのだ。

でも今日は特別だ。お金ではなく本を……それも、トキハが今すぐ飛びつきたくなるような本を山ほど寄付してくれた篤志家に、どうしてもお礼をいいたかった。

「慈悲深い×××様、御寄附をありがとうございました！」

孤児たちが声を合わせる。年齢差もあり、多少ばらついていて名前は聞き取れなかった。

篤志家が車に乗り込む寸前に声をかけるのがお決まりで、大抵の篤志家は気をよくして手を振ってくれる。

今日の篤志家も、すっと手を上げていた。振るわけではなく、上げただけだ。

それがなんともスマートで絵になっていて、トキハは目を奪われる。

篤志家の多くは孫がいるような年齢の夫婦で、功人と呼ばれる高い身分の人たちだった。

先祖の功績によって国から勲章と身分を与えられ、血税の甘い汁を吸う特権階級の人間だ。

――随分と若い、二十代くらい？　この人も功人なのか？　優雅だし、そうなんだよな？

男は華美な恰好ではなく、質のよさそうなスーツを着ていた。

腕にかけているロングコートは、おそらくものすごく高価な品だ。

遠目でよく見えないが、髪もスーツも黒っぽくて、優雅でありながらも少し怖い印象を受けた。とても威圧的に見えたのだ。

トキハは密かに、彼を魔王と名づける。

篤志家に失礼だが、とてもぴったりくる雰囲気だ。

千人が作る厚い列の後ろに立ち、「本をありがとうございました！」と声を張った。

届かなければ意味がないと思い、空腹でも頑張って声を出した。

魔王は振り向き、集団の後ろに隠れるように立っているトキハに目を留める。

同時に学園長や教職員もトキハを見つけ、たちまち空気が張り詰めた。

なんだってアイツがいるんだ、みっともない、なんとかしろ、つまみだせ――ひそひそ声が聞こえてくる。

しかしそんなものよりも早く、魔王は動きだしていた。

コートを手にしたまま、長い長い脚で近づいてくる。

誰よりも早く、トキハの前までやって来た。

まるでモーゼの十戒だ。

他の孤児が二手に割れたことで実現した対面は、トキハにとって衝撃的なものだった。

彼は現実の人間だけではなく本の登場人物を入れて考えても、トキハが知る限り一番だ。

まずハンサムで背が高く、がっちりしていて強そうで、それでいて気品もある。

神様が特別丁寧に作ったせいなのか、髪の色は青みを帯びためずらしい黒だった。

目の色は宇宙を彷彿(ほうふつ)とさせる深い青だ。潔く整った眉も、真っ直(まっす)ぐな鼻筋も、立体的で印象的な唇も……一ミリの狂いもなく完璧に配置されているのが素晴らしい。

「君の名は？」

近くに誰もいなかったので、トキハは間違いなく自分が名を問われているのだと思った。

それでも勘違いではないことを一応確認して、少しうつむく。オッドアイのうえに紫眼だと気づかれると、嫌がられると思ったからだ。

陰気な長い前髪に頼って左目を隠しつつ、「トキハです」と答える。

「トキハくん、お礼の言葉をありがとう。ところで君は、どうして一人だけボロをまとっているんだ？　それに君だけ極端にやせている」

問われた瞬間、火で炙(あぶ)られたように顔が熱くなった。

本の寄付に感激して、自分が臭くて汚いことをうっかり忘れていた。

いつも不細工だといわれているし、肌をこすれば消しゴムのかすのような垢(あか)が出る身だ。

不吉な左目を隠さなきゃ……とは思ったのに、そういう問題じゃないことに気づかされる。

桜やその手下たちに妨害されて何日も体を洗えていないし、着替えも手にできていないから、冬とはいえ臭いのだ。汚いのだ。自分は近づくだけで迷惑で、不吉以前に不潔だった。

「ごめんなさい……っ」

みじめで恥ずかしかった。鼻つまみ者にされるのは慣れていたけれど、これほど立派で美しい人に嫌がられるのはつらい。

生まれつきでしかたない紫眼とは違い、だらしない子供だと思われただろうか。

風呂嫌いで食が細くて、手のかかる問題児だと思われたかもしれない。あるいは、悪さばかりして懲罰を受けている悪童だと思われた可能性も――。

「君を責めてるわけじゃない」

校舎に逃げ込もうとすると、手首をつかまれる。

とても聞き取りやすい声で、はっきりと告げられた。

うろたえながら周囲に目を向けると、魔王の背後に学園長や教職員の顔が見える。

これまで見たこともないくらいあわてていて、ダンスでもしているみたいだった。

あわあわと右往左往、滑稽な踊りだ。

「どういうことか説明してもらおうか」

魔王がすごむ。その視線は学園長に向かっていた。

はたから見ているだけでも怖いくらい、するどい目だ。

めらめらと青く燃えるような、静かな怒りに満ちている。

学園長は、「これはそのっ、いやその、これはですね、違うんですよ」と意味不明なことをいいながら踊り続けていた。

魔王はにらみをきかせたまま、トキハの手をしっかりと握る。

——え？　俺の手……握ってる？

手首ではなく手指を握られると、自分が汚いことを一瞬だけ忘れられた。

握り返してもいいような気さえして、自分からもぎゅっと力を込める。

噛み合わないくらい大きさが違う手が、それでも確かにひとつになった。

ただし、汚さを忘れられたのは一瞬だけだ。

魔王はとても綺麗で……見上げているとすぐに我に返る。

こんなに美しい人にふれてはいけない、近づいてはいけない。左目の色に気づかれる前に逃げだすべきだ。不吉なものにふれたことを、気づかれたくない。後悔されたくない。

「本の寄贈、ありがとうございました！」

トキハはいきなり大声を出した。

隙を見て手を引いて逃げる。

待ちなさい——といわれたけれど、止まらず逃げた。

学園長は……魔王になにもかも話してしまうだろう。「あの子はオッドアイで、しかも片方が紫なんです」と説明したら、魔王は「ああそういうことか」と納得するかもしれない。

不潔なうえに不吉な子にふれてしまったと、後悔するだろうか。

急いで手を洗い、迷信を信じて十字を切るだろうか。

出会ったことも、言葉を交わしたことも、手を握り合ったことも後悔されたくないけれど、されたとしてもうらみはしない。もちろん軽蔑もしない。

彼は本を寄付してくれた。

やせた汚い子供を見て心配し、目の前まで来てくれた。

それだけで十分、いい人だ。きっとすごく、素晴らしい人だ。


魔王と出会った次の日から、トキハの日常は激変した。

外部委託の新しい男性職員がやってきて、学園の王と王子が勝手なことをしないよう見張り始めたからだ。つまり彼は監査役だ。

学園長はトキハの前に姿を現さず、桜は「不細工のモヤシ野郎」「ブース、ドブス」と悪口こそいうものの、臭いとはいわなくなった。

トキハがハルニレ学園の子として、みんなと同じように一日置きに風呂に入り、そのたびに洗い立ての清潔な服や下着を受け取れるようになったからだ。

食事も一日三回、おなかいっぱい食べることができる。

桜はもう、給仕の職員や給食係に「トキハ、おなか空いてないんだってー」などといえなくなったし、職員らはトキハを無視することができなくなった。

監査役は抜き打ちテストのように突然あちこちに現れ、学園長のものでも桜のものでもないハルニレ学園が正しく機能しているか、きびしくチェックを入れた。

悪口だけは簡単に収まらないが、それは耐えられないほどのものではない。

学園一の美少年の桜の基準では、左右対称であることが美しさであり、オッドアイというだけでトキハは不細工ということになるらしい。だからこれから先も、不細工だの不吉だのといわれ続けるのだろうが、もうしばらくしたらモヤシ野郎とはいわれなくなるだろう。

桜はこの上なく意地悪だが、いうことはおおむね事実に則している。

ほどよく肉がつけば、不細工と不吉を連発するか、また新しい悪口を考えるだろう。

トキハに対して「バーカ」とはいえないことが、学業成績万年二位の桜にとっての苦渋かもしれない。

桜に馬鹿にされたくないから、トキハは必死に勉学に励んだ。

同室の乳児の夜泣きがひどい夜も、そのせいで眠くてたまらない授業中も、歯を食いしばり、ときには憎たらしい桜の顔を思い浮かべて教科書にかじりついた。

学業の成績だけは絶対に負けたくない——そう思って励んできたので、桜には少しだけ感謝している。


魔王が来てから一ヵ月が経った。

もう誰もトキハを臭いだの汚いだのとはいわない。

細身だがモヤシと呼ばれる状態はすぎたので、最近は陰気といわれることが多かった。臭いといわれると、自分のせいじゃないと思っていても傷つくものだ。それに比べたら今のほうがずっといい。

今日は篤志家や小金持ちが来る日曜日なので、学園中が期待にざわめいていた。

児童の中から一人か二人、養子としてもらわれていくかもしれない。

自分には縁がないとわかっているトキハは、図書室で静かにすごしていた。

——魔王もまた来るかな？　いや、そうそうこないよな。あの人はきっと帝都の……特区に住む功人なんだろうし、こんな田舎に来るのは大変だよな……。

図書室の片隅で、トキハは勝手に期待して勝手に落ち込む。

孤児院に来る客は、大きく二つのタイプに分類することができる。

一つは養子を欲しがっている夫婦。ほとんどは庶民の小金持ちだ。

孤児は一人一人が自己養育費という名目の借金を背負っているため、養子を取る里親は、その借金を肩代わりしなければならない。

そういったルールの関係上、ほどほどに経済力のある夫婦しかこなかった。

彼らが選ぶのは、農夫や下男として役立つ体格のいい男子か、メイド向けの女子ばかりだ。

労働力として養子を取ることは禁止されているが、それが実状だった。できるだけ借金額の少ない幼い子供……なおかつ、即働ける体格の子供に人気が集中する。

孤児院に来る客のもう一つは、選民意識のかたまりのような大金持ちの篤志家だ。

ほとんどは前時代に活躍した功徳者とされる功人の子孫で、政府から功人認定された人間と、その一族しか住めない特区に屋敷を持っている。

免税特権や免罪特権など、前時代的特権を与えられた功人は、カビの生えた身分制度を彷彿とさせる存在だ。

庶民からは、『貴族』や『お貴族様』と呼ばれて揶揄されている。

功人が孤児を養子に迎えることはほとんどなく、日曜日に大勢でやってきて、見栄を張りつつ金だけを出す存在だった。

——あの人がいわゆる貴族でも、あの人のことをそんなふうには呼びたくない。功人なら功人でいい。あるがままでいい。

トキハは本の寄付者の名前が入った本棚の前に立ち、金属プレートに彫られた文字をなぞる。

シュアン・真紅……それが魔王の名前だ。

彼が寄付してくれた本は、この一ヵ月で読破した。

すべての本がシュアンの好みで選ばれたなら、彼はロマンチストで、そのくせリアリストという矛盾を抱えているかもしれない。それからわりと蘊蓄が好きで、人間の汚いところをえぐるように書いた文学作品や、偉人の伝記、夢のあるサクセスストーリーや冒険小説、哲学書を好んでいるようだった。要するになんでもありだ。どれも面白かったが、二重人格者かと思うくらい統一感がない。

「——トキハくん?」

プレートの文字をなぞりながら会いたい気持ちを募らせていると、不意に声をかけられる。

他の誰かと間違えようがない美声で、確かに名前を呼ばれた。

期待というには強すぎる願望を抱えながら、ぱっと振り向く。

「あ……」

図書室の入り口に彼がいた。

魔王の雰囲気を持つ男——シュアン・真紅が立っている。

「トキハくん、だよな？　間違いない？」

「……は、はい」

そう答えるのがやっとだった。

自分はもう、臭くも汚くもないし、ひどくやせているわけでもない。

それが誰のおかげか理解しているし、お礼をいいたいとも思っている。

でも、なにもいえずに左斜めにうつむいてしまった。

誰にもどうにもできない……改善のしようがない紫眼を、隠さずにはいられない。

「その後どうかな？　問題は？」

失礼な態度を取っているにもかかわらず、彼は優しい言葉をかけてくれた。

私語にきびしい司書は席を外し、二人だけにしてくれる。

会話をしても許されるのだから、「おかげさまで問題なくすごせています」と答えたかった。

心から礼をいいたかった。

でもやはり怖い。

彼が紫眼のことを知っているのか知らないのか、トキハにはわからない。おそらく学園長が話しただろうし、そうでなかったとしても監査役から耳に入っているかもしれない。

それとも、知らないからこそ今こうして話しかけてくれるのだろうか。

そう考えると、真実を知ったときの変化が怖かった。

「……問題、なくなりました。ありがとう、ございました」

うつむいたままどうにか礼をいって、深々と頭を下げる。

下げたままにはできず、顔を上げなければならなかった。

まともに顔を合わせずに礼をいうなんて、失礼だとわかっている。

たとえおどろかれようと嫌がられようと、感謝の気持ちは正しく伝えるべきだ。

「本当に、ありがとうございました」

顔を上げ、目を見ていった。

体中の血が、猛烈な勢いで走るのを感じる。

「そうか、とりあえず安心した」

左目の色を見せているのに、彼は何事もなかったかのようにいった。

確かに目が合っている。視線がつながり、トキハの目にはシュアンの青い目が見えている。

彼にも紫眼が見えているはずなのに、表情が変わらない。

「もしまたなにかあったときは、我慢せずに監査役にいいなさい。耐えて然るべきことなんてなにもないんだ。不条理だと思ったら、堂々といいなさい」

「……え、あ……」

「ところで君は本が好きなのか？」

「……は、はい」

「それはよかった。先日寄付した本は、年齢的にむずかしい本もあるかもしれないが、読んでみてくれ」

「——はい」

もう全部読みました——といいたかった。

特に心に残った本について感想を語ったり、あなたが一番好きな本はどれですかと訊いたりしてみたかった。でもそんなことをいったら、あれでは足りないと文句をつけているように取られそうで言葉にならない。

それは考えすぎかもしれないが、大人とも子供ともあまり話したことがないトキハにとって、自分から話しかけるのは勇気が要ることだった。彼のことをもっと知りたいと思う気持ちと、嫌われたくない気持ち……さらには、自分の理想を壊されたくない気持ちが混在している。

「君は学年で一番成績がいいそうだな、しかも二学年もスキップしているとか」

シュアンは紫眼のことにはふれず、成績のことにだけふれてきた。

それはとても、とても新鮮な体験だった。いつだって、まずは目のことにふれられる。はっきりいわないまでも、明らかに目の色を気にして、一刻も早くこの子から離れて災厄から逃れたい……といわんばかりな態度を取られてきた。

「二学年スキップしてるのは、俺だけじゃないんです。桜も……」

「ああ、あの栗色の髪の子か。さっき学園長から紹介されたよ、まるで自慢の息子みたいだった」

「は、はい……そうなんです」

「一位は君なのに、不思議な話だ」

「それは……その、俺は、こんなだし、桜は……この学園で一番……可愛いから。養子の話も、たくさん来るのに、学園長が『条件が低い』っていって、許さないくらいで……」

「なるほど。大人っぽく綺麗な子より、可愛くて幼い感じの子が好まれる傾向がエリアJにはあるからな。俺には理解できないが」

くすっと笑ったシュアンは、トキハの頭の上に手を乗せる。

想定外の行為に、トキハは全身で反応した。自分で自分の反応におどろくくらいだったので、シュアンも当然おどろいて……さっと手を浮かせる。

「失礼、子供扱いしすぎたかな?」

そういうシュアンに、本当はいいたかった。「いいえ全然、失礼なんかじゃないです。初めてのことでびっくりしただけなんです。今のをもう一度してください」といいたい。いえない。

それでも幸いなことに、頭には手の感触が残っている。

昨夜洗ったばかりの髪に、シュアンの大きな手がぽんとふれたのだ。

「——あの……き、きき、訊いても?」

いいですかといおうとしたが、また失敗する。

話し慣れていないだけだが、まるで病気のようにどもってしまった。

自分から質問をしようとしている今の緊張感は、過去のどんなときとも比べられない。

シュアンは「どうぞ」と答えてくれた。

質問をたのしむような表情まで見せてくれる。

「こ、孤児院に、寄付をするのは……特区暮らしの……裕福な功人の……道楽ですか？　自己満足とか、そういうもの、ですか？」

本当に訊きたいことは「俺の目が気にならないんですか？」という自意識過剰なもので、それを引っ込めたら二番目に訊きたかったことが飛びだした。

トキハの失礼な質問に、彼はほんの少しおどろいたようだった。

それでも不快感を示すことはなく、愉快げに笑っている。

「俺は功人じゃない。官人だ」

「……え？　か、官人？」

「庶民出身で、特区どころか平均よりひどいところで育った」

「――っ」

まさか官人だったとは思わず、トキハは目を円くする。

官人とは特別公務執行官のことで、いわゆる一般的な公務員とは別格の身分や地位、収入を得られるが、功人とはまったく違う。

世襲制ではなく、大学を卒業し、難度の高い試験に合格しなければなれないものだ。

「寄付が自己満足になるかどうか……それは君たち次第だ。現時点では寄付した結果が出ていないので、満足はしていない。いつか実を結んだときに、君たちの成功を祝してひっそりと満足させてもらおう」

「成功を、祝して？」

シュアンは、これまで以上に明確に視線を合わせる。

特に左の紫眼に注目されているのがわかった。

「あの……っ、平均以下の……ところで育ったなら、どうやって大学に？」

「どんな立場でもまったくチャンスがないわけじゃない。体を鍛え、本を読み、石にかじりつくように勉強した。自信と誇りを持てば転機が訪れ、道は拓けるものだ」

言葉通り自信と誇りに満ちた笑みを向けられ、胸のあたりがドクンと鳴る。

今の言葉が質問に対する答えなら――彼は貧しいながらに体を鍛え、懸命に学び、自信と誇りをバネに伸し上がったのだろう。

そして、孤児の君もそんなふうに頑張りなさいといっているのだ。

「俺は、頑張ろうと……思ってます。これからも、頑張りたい。でも俺は、この目のせいで、たぶんむずかしいと思います。不吉だし、コンタクトで隠しても……バレたら終わりで……」

「めずらしいオッドアイだから？」

「はい。夢も希望も、叶わなくさせる目だと、思ってます。色も紫だし、二重に不吉で」

自分から目のことにふれたのに、それを話題にしていることが信じられなかった。

ちらりと見るのも不吉とされている目を、まっすぐに見つめられている。眉間にしわを寄せることもなく、舌打ちすることもなく、普通に、ごく普通に見てくれている。

「せっかく持って生まれた特徴を、そんなふうに卑下したら勿体ないぞ。とても綺麗な目じゃないか」

「……き、綺麗？」

「その顔に嵌まっているからよりいっそう綺麗に見える。確かにエリアＪではオッドアイが不吉とされているが、それは近年になってからの話だ。昔は縁起物だったとか」

「――そう……なんですか？」

そんな話は聞いたことがなくて、トキハは半信半疑で首を傾げる。

できれば真実であってほしかったが、もし嘘だったとしても、彼が自分のために考えてくれた嘘ならうれしい気がした。

「異国の文化が入り込むことで認識が変わり、通説が逆になってしまったが、そんなふうに簡単に引っ繰り返るほど意味のないことだ。それに……俺の父の祖国では今でも神秘的なものとされ、オッドアイの人間はもちろん、猫ですら神の使いとして敬われるそうだ。ところ変われば通説も変わる。信じたくないものは信じなくていい」

彼の言葉を聞いていると、なんだか目の前が明るくなるようだった。

ただの迷信だということは一応わかっていたけれど、現に自分はこの目のせいで不快でくやしい思いばかりしてきたから……結局のところ、迷信が当たっている気になっていた。

昔は縁起物だったなんて誰も教えてくれなかったし、ところ変わればいいものだとも、誰もいってくれなかった。これまで読んだ本の中にも悪いものとしてしか登場せず、救われたことは一度もない。

「さらにもう一つあるぞ」

シュアンは人差し指を1の形に立てて、自分のことのようにうれしげに目を細める。

初めて会ったときは魔王のようだと思ったのに、今はどこかいたずらっぽくて……意外と親しみのある人に見えた。

おかげで少し緊張がほぐれ、「もう一つってなんですか?」と訊き返すことができる。

「多くの国では、紫の目はオッドアイ以上に価値のある、素晴らしいものとされているんだ」

「——え?」

彼は嘘のようなことをいうと、説明する前に「本当だ」と念押しした。

「あらゆる目の色の中でもっとも高貴で誇り高く、国によっては、民に幸福をもたらす王の証しだといわれているくらいだ」

「そ、そんな……まさか」

「まさかじゃない、本当だ。君は美しい紫の目とオッドアイという、二重の幸運を持っている。多大なる成功を収めて人の上に立ち、大勢を幸せにする運命なのかもしれないな」

「そんなこと……初めて、いわれました。みんな、悪い悪いって……」

「もちろん、今いった説もただの迷信かもしれない。どういう結果になるかは君の努力次第だが、いいことだけは信じて励みにするのもありだろう？　そう思わないか？」

「――思い、ます」

「俺はそうやって生きてきた。占いを目にしても、いいことしか頭に入れない」

「いいことしか……」

「そもそもエリアJには言霊（ことだま）信仰がある。悪い悪いと第三者にいわれたら悪い気がしてくるのも無理はない。だが俺は逆のことをいう。君の目は絶対に、絶対に、いいものだ」

「――っ」

明るくなった視界に、今度は花が咲き乱れるようだった。

図書室中の本の色が溶けて、すべて花に変わったみたいに、世界が変わる。

次に瞬（まばた）きしたら元に戻るとわかっているけれど、シュアンがくれた言葉は本物だ。まぼろしではなく、彼の名前が彫られた金属プレートのように、頭の中に深く刻み込まれていく。

自分自身に、「迷信なんて気にするな」「これも個性として受け入れろ」といい聞かせても浅くて弱くて……たぶんこれまでずっと、第三者から肯定されたかったのだと思う。

なぐさめではなく本気で、誰かに認めてほしかった。

いいとまでいってくれなくてもいい……せめて、悪くないといってほしかった。

そんな望みを大きく飛び越して、いいといってもらえた。絶対に、絶対にいいと断言してもらえた。

「あの……あなたのように頑張って、偉くなったら……間違ってる制度とか、よくないことを、変えられますか？」

「具体的に、変えたいことがあるのか？」

「はい。孤児が……自分の養育費を返さなきゃいけない制度は、間違ってると思ってます。本当は、子供は国の宝のはずです。孤児になるにはみんな事情があって、本人のせいじゃないのに……借金を背負わすのは違うと思います。あと、労働目的で養子にされてるのも、絶対に間違ってる。そんなの奴隷と一緒じゃないですか。俺は……っ、世の中を正しくする力が欲しいんです。それが俺の夢なんです」

表立って口にするのは少し恥ずかしい気もするけれど、胸の中で燦然と輝く誇らしい夢を、初めて口にした。

気持ちが昂って涙腺がゆるみ、ぽろりと涙がこぼれてしまう。

それがまた恥ずかしかったが、口にした言葉に嘘も後悔もなかった。

シュアンは目を大きく見開いて、そのあとすぐに細める。

まぶしいものでも見るような顔をした。

「――夢が叶うその日まで、絶えず励むといい」

微笑みながら、頭ではなく左肩に手を置かれる。

子供扱いしてなでたときとは違うふれ方だった。

力を分け与えてくれるかのように、ぐっとつかまれる。

それは長く、じわじわと温もりが移ってきた。

彼は安易に、「変えられる」とはいわなかった。「夢が叶う」ともいっていない。

けれども確かに応援してくれた。

その手があまりにも大きくて、青い目があまりにも綺麗で、生まれて初めて心から、世界を変えられると思った。


特別公務執行官シュアン・真紅に出会ってから七年が経ち、トキハは十七歳になった。

シュアンはあれから何度も本を寄贈してくれたが、学園を訪れることは一度もなかった。

監査役は今でもいるものの、彼を介してシュアンと連絡を取ろうとするのはいけないことのような気がして……手紙を書きかけてやめたことが何度かある。

もしもシュアンが監査役に手紙を託してくれたなら、嬉々として返事を書いただろう。

そうでもないのに一孤児の身で勝手な振る舞いをするのは、彼の意に反するかもしれないと思った。

相手が裕福なだけに、卑しい期待があると誤解を受けるのが怖かったのもある。

寄贈された本を読むことでシュアンの存在を感じて、いつも心の中で密かに語りかけていた。

「ねー、こんなところで感傷に浸るのやめてくれない？　そろそろ出発の時間なんですけど」

図書室でシュアンの本棚をながめていると、桜に呼ばれた。

トキハは今日、桜と共に学園を去る。

その前に、シュアンが寄贈してくれた本の背表紙を一冊一冊じっくり見て、自分なりに別れの儀式をしていたところだった。

「時間までには行くつもりだった」

「いいわけはいいから、早くして。陰気な誰かさんと違って、こんなしみったれたとこに未練はないの。僕は今から黒塗りの立派な車に乗って、歓声と拍手で見送られるんだから」

ふふんと得意げに笑う桜は、今この瞬間も学園の王子という風情だった。

ここに残る仲間に対してならともかく、一緒に学園を出て同じ車で同じ場所に向かうトキハに得意げな顔をするのはまったく無意味だったが――トキハとしては、声をかけてくるだけいいと思っていた。

子供のころは徹底的に無視をされるか汚物扱いされるか、そのどちらかしかなかった。

いわゆるイジメグループのリーダーだった桜も、年齢と共にだいぶまともになっている。相変わらず性格は悪いが、歩く人形のようにふわふわした見た目とは裏腹に、努力家で学力が高いのは事実だ。

トキハは今日まで一度も一位を譲らなかったが、ひやりとさせられたことは何度もあった。

二人は今日、十七年間暮らした孤児院ハルニレ学園を出て、国立の特別公務執行官養成大学——通称、官人養成大学の寮に移る。

今年の秋から全国の孤児を対象に導入された、官人候補登用制度の一期生として合格し、大学入学が決まったからだ。

官人に次ぐ身分の役人が学園に何度も来て、学力テストや面接、健康診断などが行われた結果だった。

合格率三百倍の難関を突破できたとわかったときは、言葉にならないくらいうれしかった。

通常、孤児院にいられるのは十七歳までだ。十八歳になったら、自分自身の養育費を国に返済するため、十年間の勤労奉仕をしなければならない。

しかしこの新制度を利用すれば、大学の入学金や授業料、寮費まですべて免除されるうえに、養育費の借金まで帳消しにされる。

「ああ、なんか夢でも見てるみたい。辛気臭いのと一緒なのが最悪だけど」

「辛気臭くて悪かったな。大学に入ったら、他人のこと臭いとかいうのやめたほうがいいぞ」

「その臭いとは違うし」

「どちらにしても失礼だ」

廊下を歩きながら桜をにらんだトキハは、口では文句をいいつつも弾む気持ちを抑えきれなかった。

一緒に進学するのが誰であろうと、そんなことはどうでもよくて、ほとんど一本道しか見えなかった人生に、多くの選択肢が浮かび上がってきたことがうれしい。

官人養成大学を卒業すれば、帝都中枢で働く内閣府の官人や、裁判官、検事、警察幹部など、権威がある仕事に就く可能性が生まれる。

まだスタートラインにも立っていないが、どの道に進みたいか考えられる立場になれるなんて、あまりにも贅沢な話だった。

――桜のいう通り、本当に夢でも見てるみたいだ。でもこれは夢なんかじゃない。夢を叶えるための現実だ。

シュアンがいっていた、「石にかじりつくように勉強する」という表現に相応しいかどうかはわからないが、食事中に眠くて気絶するくらい勉強してきた。

だからこそチャンスが訪れ、道が拓けたのだと思っている。

この先、孤児にも人生の選択肢があることがもっと当たり前になるように、世界を変えたい。

こんなに浮かれて、「夢でも見てるみたい」なんて感激しなくてもいいくらい、選べることを普通にしたい。

「桜さん！　トキハさん！　大学入学おめでとうございます！」

桜と一緒に玄関の外に出ると、千人規模の大きな拍手と祝福を受ける。

緑に囲まれた土のグラウンドには、歩ける年齢の孤児が集合していた。

大金持ちの篤志家を見送るときと同じように扱われ、自分の立場が変わったことを実感する。

桜は元から王子様扱いだが、トキハに至ってはずっと毛嫌いされてきた身だ。

シュアンに諭されて堂々と胸を張って生きるようになってからは周囲の態度も変わったが、けなされないからといって敬われていたわけではない。

こんなふうに祝福してもらえるのは、官人候補登用制度の一期生として合格したからだ。

悪くいえば手の平を返されていて、よくいえば期待されている。

いつか偉くなるかもしれない人、として見られているのだ。

「みんなー元気でねー、バイバーイ！」

桜が声援に応えてぶんぶんと手を振ったので、トキハも隣で小さく手を振る。

「ありがとう！」とだけいった。

常にちやほやされてきた学園の王子と違って、遠慮がちにしかいえなかったけれど、同じ環境で育った千人の仲間に誓う。

——俺は、与えられたチャンスを無駄にしない。夢を形にしてみせる。もっともっと勉強して力を手に入れて、この国の間違いを正してみせる。

鳴りやまぬ拍手を受けながら、トキハは学園の門に向かって歩く。

停(と)まっていた黒塗りのセダンに近づくと、学園長と向き合った。

監査役が来るまでは王のように振る舞っていた彼も、今ではすっかりおとなしくなっている。

幼いころのみじめさを思いだすといろいろといってやりたいこともあったが、トキハはすべてを水に流すことにした。

晴れの日を自ら穢(けが)さず、「お世話になりました」と頭を下げる。

これまではお互いに距離を取っていたので気づかなかったが、いつの間にか自分のほうが大きくなっていた。

目の前にいるのは横暴なおそろしい権力者ではなく、初老の小男にすぎない。

学園長に可愛がられていた桜はなぜか礼をいわずに……それどころか足を止めることもなく車に向かっていた。おどろくトキハを余所(よそ)に、後部座席のドアからさっさと乗り込んでしまう。

「トキハくん、これから大変だと思うが頑張ってくれ」

「あ、はい。桜の奴(やつ)、どうしたんだろう?」

「うれしくて興奮してるんじゃないか?」

学園長は苦々しく笑ったが、トキハのことも桜のことも見ていなかった。

不吉なオッドアイと紫眼から逃げたいのか、一歩下がりたくてしかたない様子で革靴の踵(かかと)を浮かせている。

「まあ……なにはともあれ、この学園から二人も候補生が出てよかったと思っている。なにしろ一人も出ないところも多くあるくらいの競争率だからな。君たちのおかげで鼻が高いよ。いや本当におめでとう」

「ありがとうございます」

「政府が孤児を対象とした官人候補登用制度を作ったのは、君たち孤児に夢を与えるためらしい。国家レベルで子供たちの学力を上げるためでもある。君たちの成功を祈ってるよ」

「御期待にそえるよう頑張ります」

トキハは、こういうときは握手を交わすものかもしれないと思いながらも、もう一度頭を下げて終わりにした。

望まれていないことはしたくなかったし、うらみつらみを水に流して挨拶を済ませた今、心は未来に向かっている。

先に後部座席に座っていた桜は、車が動きだしても学園長を見なかった。

つんとすまして、急に不機嫌になったようにそっぽを向いている。

——さみしいのか？

訊いてみようと思ったが、実行はしなかった。

自分にはそういう人がいないのでわからないが、長年ずっと可愛がってくれた人と別れるのはつらいだろう。込み上げる感情のコントロールが上手くいかず、おかしな態度を取ってしまうこともあるかもしれない。

桜はとにかくプライドが高いので訊かれたくないだろうと思い、トキハは口をつぐんだ。

二人を乗せた車は帝都に向かう。

桜が不機嫌になったことや、運転手も役人もなにも話さないこともあり、車内は通夜のような静けさだった。

二時間ほど経ったが、いくら走っても外の景色は変わらなかった。

そろそろビルが見えてきてもよさそうなのに、同じような田園地帯を延々と走っている。

——学園の近くとあまり変わらない。どう見ても郊外だよな？

なにかおかしいと思った。

郊外のハルニレ学園から帝都までは、二時間くらいのはずだ。

桜はドアに身を寄せ、微動だにせず窓の外を見ている。

秋なので日が沈むのが早く、いつの間にかすっかり暗くなっていた。

闇の中にネオンの光は見えず、帝都は間違いなく遠い。

——帝都に向かって二時間も走ってるのに、景色がほとんど変わらないなんておかしい。官人養成大学は内閣府のすぐ近くにあるはずだ。こんなに遠いわけが……。

車が渋滞しているならわかるが、これまでに他の車はほとんど見ていない。やはり変だ。

「ねえちょっと……この車、同じとこ何度も走ってるみたい。ここ通るの、たぶん三回目」

運転手に話しかけようと思ったトキハの耳に、桜がささやく。

かなり抑えた小声だったが、車内が静かだったため、運転手や役人に聞こえてしまったようだった。

バックミラー越しに二人を見た運転手が、チッと舌を打つ。

「これは……どういうことですか?」

道を間違えたとか迷ったとか、なんらかのミスであってほしいと願っていた。舌打ちも気のせいで……あるいはミスに気づかれて不快になっただけで、大した意味はないと思いたい。

それでいて、これが意図的な行為だと察していた。

よくないことが起きている。答えを聞いて真実を知るのが怖い。

不安に駆られた心臓が、強く締めつけられた。

「実はな、官人候補登用制度の合格者を二割削減することが急きょ決まったんだ。予算に対して合格者が多すぎたことが原因らしい」

助手席に座っていた役人が、後ろを向いて答えた。

にわかには信じられず、理解に苦しむ説明だった。

「残念ながら君たちはその二割に入ったわけだ」

「な、なんで……そんなっ」

「はあ？　冗談じゃないよ！　いまさらなにそれ⁉」

「大きな声を出すんじゃない。桜くんは成績順位で落とされた。トキハくんは……その左目の色が問題になったそうだ」

締めつけられていた心臓に続いて、今度は左目が軋む。

「そんな、まさか。目の色なんて最初からわかってたことじゃないですか」

「試験官は問題ないと判断したが、再選考に当たった上層部の人間は、君を官人として不適切と判断した。官人養成大学は官人になるための大学だ。容姿を含めて、あらゆる面で優れた者しか入れない」

「――そんな……」

「しかし再選考で落ちたなんて伝えたら君たちが気の毒だろう？　そういうわけで……落ちた二割の子供には、別の形で出世のチャンスを与えることになったんだ」

「――っ、出世のチャンスを与えるのと田園地帯を車で走り続けるのと、どういうつながりがあるんですか？」

トキハは激しい怒りを抱えながら、暴れたい衝動も怒鳴りたい気持ちも抑えて訊いた。

自分が導火線の短いダイナマイトのように思えてくる。一度火が点いたら、自分でもどうにもできない気がした。

「君たち二人がこれから行くのは、然る功人の別邸だ。御高齢だが子供たちのために特区外で精力的に活動されている御方で、不合格者の君たちが返済しなければならない借金を、全額肩代わりしてくださった。しかもこれから先、君たちの生活の面倒まで見てくださる」

「……だから、それと車で同じところを延々走り続けるのと、どう関係するんですか？」

「その屋敷では働き手が足りないんだ。少々きついかもしれないが、しばらく奉公をしてほしい。それが筋というものだろう？」

「そこから逃げださないようにするために、屋敷の場所がどこなのか、俺たちにわからないようにしてるってことですね？」

問いかけても答えは返ってこなかった。

これからなにが起きるのかわからないが、憧れの官人養成大学に入学できなくなったという事実が、じわじわと身に沁みてくる。

ひとまず落ち着け——と自分にいい聞かせても無理だった。

要職に就いて世の中を変える力を得るという夢が、木端微塵に砕かれた予感がする。

「お、降ろして……降ろして！　いやだ、僕はそんなとこ行きたくない！」

「桜！　おい、落ち着け！」

シートベルトを外した桜は、走行中の車のドアを開けようとする。

一瞬ひやりとさせられたが、ロックがかかっていて開かなかった。

「アンタはどうして……どうしてこんなときに落ち着いてられるわけ⁉　これからどうなるかわかってんの⁉」

「――桜？」

「なんにもわかってない！」

桜は鬼のように怒鳴ってから両手で顔を覆い、わっと泣きだす。

今、桜が考えていることと自分が考えていることの差がわからず、どうして責められるのかわからなかった。

自分だって少しも落ち着いていない。本当は泣きわめきたいくらいだ。

でも、導火線に火が点いたら爆発して燃え尽きるまで自分を制御できなくなるだろうし、状況を見て慎重に行動すべきときに、感情的になるのは危険だ。判断ミスを犯しやすい。

それに下っ端には決定権なんてないから、ここで抗議しても無意味だとわかっていた。どうあがいてもなにをいっても、「それなら孤児院に戻りましょう」なんて展開にはならないだろうし、戻ったらとんだ恥さらしだ。

養育費の借金を再び背負わされ、十八歳になったら十年間の勤労奉仕を強要される。終わったときには二十八歳で、わずかばかりの金を渡されて放たれる。

這（は）い上がるチャンスは、限りなくゼロに近い。

しくしくと泣き続ける桜に戸惑いながら、トキハは屋敷に着くまで黙り込んでいた。

田園地帯は街灯が少なく、車を降りてから周囲を見回すものの、ここがどこだかわからない。

そもそも教育機関を兼ねた大規模孤児院で育ったトキハには、外出の機会がほとんどなく、仮に今が明るい日中だったとしても場所の特定はできなかっただろう。

「我々が案内するのはここまでだ」

月明かりの下に浮かぶのは、広大な敷地を持つ屋敷だった。

いかにも格別に裕福な功人の別邸といった風情で、贅を凝らしているのがわかる。

ずっと泣いていた桜は、「なんて素敵。お城みたい……」と、感嘆の声を漏らした。

トキハは少し苛立(いらだ)ちながら、立ちはだかる門をにらみ上げる。

アイアンの門は高く、最上部は槍(やり)のように尖(とが)って天を突いていた。

——この屋敷で奉公……。

いつまでなのか、なにをやらされるのか——鈍い音を立てて開く門の先に進んでしまって本当にいいのか、なにもかもわからない。

玄関から迎えにきた執事風の身なりの男たち三人に引き渡され、歩きだすしかなかった。

スロープを進むが玄関までは遠く、歩いているうちに背後で門が閉まる。

「写真で見るよりいいな。ドールのほうはそのままですぐ売れる。オッドアイのほうは、カラコンで不吉な目をなんとかすれば完璧だ。鼻っ柱が強そうだが、妙な色気がある」

玄関照明の下に立つなり、男の一人がそういった。

「タイプが違うが、どっちも売れそうだな。スタイル抜群で肌が綺麗だ。予定通り、ドールには今夜から客を取ってもらう」

服装や髪形は映画に出てくる執事のように上品なのに、男たちはいやらしい視線を送ってきて品定めする。

トキハの頭の中で、「客を取ってもらう」という言葉が大きく響いた。

「今夜はぴったりの上客が来館予定だ。あの御方は初物をなにより好まれる」

横にいた桜が、「ドールって僕のこと？　予定通り今夜からってなに？　なんで僕が⁉」とヒステリックに叫んだ。

トキハは、ようやく……今になってようやく、ここがどういう場所で、自分たちに課せられる奉公がどういうものなのかを察した。

「トキハ……ッ、アンタ順番代わってよ！　体売るとか冗談じゃない！　しかも僕が先なんて絶対おかしい！」

「先もなにも……体売るとか、俺だってそんなの絶対いやだ。そんなことするために勉強してきたんじゃない。お前だってそうだろ⁉　体を売るくらいなら勤労奉仕のほうがマシだ！」

いまさら暴れても無意味だということを、頭のどこかでわかっていた。

ここは高い塀と閉じられた門の内側。男はここにいるだけでも三人。一声かければ屋敷の中からもっと大勢出てくるだろう。

黙って従うのも泣くのも絶対にいやで、トキハは桜の手首を引っつかんで逃げだした。

「こら待てガキ！　引き渡しが済んだ時点で、お前らはうちの大事な商品なんだよ！」

「ふざけんな！　俺たちは商品なんかじゃない！」

玄関前の階段を駆け下り、アイアンの門に続くスロープを転がるように走る。

秋風に息が白くなるのを確かに目にして、走っている、逃げていると実感した。

「――トキハ……ッ！」

突然、頭の後ろになにかが当たる。

骨が砕けたかと思うような衝撃を感じ、体が前のめりになった。

綺麗に刈り込まれた芝が眼前に迫る。

絹を裂くような桜の悲鳴が、なぜか遠いところから聞こえた。桜の手首をつかんだまま放していないのに、本当に……とても遠くから聞こえてきた。

気がついたときには、天蓋のついたベッドの上に全裸で寝ていた。

周りには男が三人立っている。玄関で会った男たちとは別の三人だった。

「……ぅ、っ」

後頭部が痛かったが、そんなことより裸にひんむかれていたことにあせる。なにをされたのかを想像すると、血の気がさあっと引いた。

「オッドアイ、お前の源氏名はフェザーだ。ここはお前の私室であり、客を招く娼室(しょうしつ)でもある。シャワーを浴びて尻の中まで綺麗にしろ」

執事風の服を着た男たちに命じられ、頭の中が真っ白になる。

どうにか起き上がると後頭部が痛み、こめかみがズキズキとうずいた。

自分がどういうところに連れてこられたか、玄関ですでに察していたものの、「尻の中まで綺麗に」といわれて現実味が増す。

「本当は今日の目玉はドールにして、お前は明日の予定だったんだがな……ドールは半狂乱で大泣きして、目が真っ赤になって使えない」

「いい友だちを持ったな」

男の一人が皮肉をいって笑う。

そもそも友だちではないので、トキハからすれば皮肉にもならなかった。

客を取らされるのが今日であろうと明日であろうと、大した差はない。そんなことよりも、娼館で働かされるという事実に絶望した。

「髪も洗って、しっかり乾かせよ」

「あとはコンタクトを着けて、目の色を隠せ。準備が済んだころにはオークションの時間だ」

「……オークション？」

「男娼はオークションにかけられる。お前の最初の相手は今夜の落札者だ。競り負けた他の入札者は、立会人として初物が食われる瞬間を見届けるルールになってる」

「幸い今夜は初物が好きな上客が来館する。気に入られればチップを弾んでもらえるぞ」

オークションやチップ、初物といった言葉は意味としては理解できるものの、なにもかもが非日常的で、想像も覚悟もついていけなかった。

悪い夢でも見ている気がする。桜もきっとそう思っているだろう。

学園を出る前、「夢でも見てるみたい」といっていたときは夢でないことを心から願っていたのに、今は正反対だ。夢であってほしいと強く願う。

けれども現実は現実。夢でないなら願うだけ無駄だ。

トキハはベッドの上から室内を見回し、男たちの顔もしっかりと見て、自分が置かれている現状をなるべく冷静にとらえようとした。

「ここは、娼館……なんですか？」

「正確には男娼館だ。そう悪いところでもないぜ、なにしろオーナーは大金持ちで気前がいい。なんたって有力功人だ。男娼は客から受け取ったチップを百パーセント懐に入れ、努力次第で結構な金を稼げる。そのうえ上手くやればリッチな客に身請けされて……養子として迎えられるのも夢じゃない」

「――それは……養子って名目の、色小姓ですよね？」

「古風な言葉を知ってるんだな」

にやにやと笑う男たちは、いい服を着ているだけのクズだった。

唾を吐きかけてやりたい気持ちだったが、他人にそんなことをする反抗的スキルは持ち合わせていない。やられたことはあっても、やり返したことは一度もなかった。

――俺は怒ってるとか、いやだとか……そんなわかりきったことをアピールするために唾を吐きかけたって、一ミリもいい方向に進まない。

普段強気な桜がひどく取り乱したところを見ているだけに、トキハは必死に自分を律する。

逃げるチャンスを待つか、ここで上手くやっていくと腹をくくるか――まだ決まってはいないものの、慎重であることは絶対だ。

「桜は、どうしてるんですか？」

「あの子の源氏名は見た目のままドールだ。今夜は部屋で休ませる。ここに来た日に無理やり客の相手をさせて、首を吊ったケースもあるからな」

「――首を？」

「お前は軟弱なタイプじゃないだろ？　頭も要領もいい。このくらいのことで壊れずに、割りきって上手くこなせるはずだ」

「そしてさっさと養子縁組して、裕福な家の息子として人生をやり直すんだ。官人養成大学や他の大学に入学する道も、拓けるかもしれないぞ」

男たちは相変わらずにやにやと笑っていた。

信用に値しないと心底思う。こんな言葉を信じちゃいけない、口車に乗せられちゃいけない。

自分の人生をどうしたら立て直せるのか、現実的に考えると行き詰まるのは確かだ。

男娼館から大学入学のチャンスなんて、あるわけがない——そう思いながらも心が揺れた。

ここをどうにか脱出してハルニレ学園に戻ったとしても、十八歳になったら十年間の勤労奉仕が始まる。借金返済のために働き、進学は許されない。いくら勉強しても変わらない部分を、今回の官人候補登用制度が変えてくれたのだ。そこから漏れたらチャンスはない。

オークションに出されたり男に抱かれたり、見世物になることが自分に残された「官人養成大学に入学する唯一の道」だとしたら、その可能性に食らいつくべきなのかもしれない。

綺麗事をいっていてもどうにもならない世界なら、順応も大事だ。頭を切り替えて不本意な道を突き進み、ほんのわずかでも光明が見えるほうに向かいたい。

まず基本として、ありとあらゆる試練を越えられる、強い自分でなければならない。

オッドアイを隠すコンタクトレンズも、考え方によっては好都合だ。

しばらくの間、自分ではない何者かを……つまりは黒髪黒目の男娼になりきって、男に尻を突きだせばいい。

架空の男娼フェザーが上手く立ち回れば、自分は来年、大学に入学できるかもしれない。

そのときまで、自己の証しを封印すればいいのだ。

ここで男娼として励み、財力と権力を持ついくらかマシなパトロンをつかまえて進学させてもらうのが、現状ベストな選択に思えた。

トキハは黙ってバスルームに向かい、全身を映す鏡に向かう。

自分が性的な売り物になるなんて考えたこともなかったが、商品として価値があるから今ここにいるのだろう。それなら、その価値を利用するのが賢いやり方だ。

――そんな生き方、あの人はどう思うだろう。

左目の紫眼を見ていると、シュアン・真紅の威容や微笑を思いだす。

進学するために体を売ったと報告したら、あの人はどんな顔をするだろう。いつか成功者の一人になれたなら、若いころはこんな苦労もした……というよくある昔話になるだろうか。

しかたなかったと思い、肯定してくれるだろうか。

やたら豪華で金装飾の多いバスルームで、トキハは無心を心がけてシャワーを浴びた。

指示通り体中を綺麗にしたが、後孔に指を挿入するのは抵抗があった。

自分ではない男娼の世話をしているだけだと思い込むために、暗示をかける。

こんなふうに、男に抱かれる準備をしているのが自分だなんて思ったら、泣き崩れて二度と立てなくなりそうだった。


支度を終えてバスローブ姿で窓際に立ち、与えられた部屋が二階にあることを知る。

窓を開けると、三階ではないかと思うほどの高さにひるんだ。

逃げたいと思っても、ここから下りるのは容易ではなさそうだ。

広すぎる庭を見下ろしながら、緑の香る風を吸い込み、そのまま深呼吸する。

卑猥(ひわい)なオークションで自分を落札する客の姿を想像した。

——もし、あの人だったら……。

最初の客が、シュアン様だったらいいのに……と一瞬思い、あまりにも失礼で馬鹿馬鹿しい考えを撤回する。

自分が知っているあの人は、孤児院に何度も寄付をしてくれた篤志家だ。

ネグレクト状態だった自分を救ってくれた恩人でもある。

そのうえオッドアイや紫眼を肯定し、生き方が変わる言葉をくれた。

威圧感と、今にして思えば妙な色気があって魔王のような雰囲気だと思ったが、実際には優しい人だと知っている。

——七年間、一度も会ってないし……俺は顔つきとか身長とかいろいろ変わった。両目とも黒くすると、これといった特徴もない。

こんなところで会うわけもないのに、もしもの場合を考えてしまった。

十歳から十七歳までの変化は、自分が思っている以上に激しい気がする。

――そもそも、あの人にとっては寄贈先の一つの……しかも千人規模の大型孤児院でほんの数分……二回だけ会った子供にすぎないんだ。

迎えを待っている間シュアンのことばかり考えてしまい、気落ちする結論に行き着く。

彼が寄贈してくれた本を読み、そうすることでつながりを感じたり、現状から這い上がるために彼の言葉を念頭に置いたりしてすごしてきた自分と、彼は違う。

シュアンの中にトキハという存在は、おそらくないのだ。

あったとしてもほんのわずかなものだろう。

当たり前だけれど、彼に毎日語りかけてきた自分の想いとは比べようもない。

それはわかっていたはずなのに、なんだか今はさみしく感じた。

――もう一度、会いたかったな。

這い上がって再び会えるのかどうか、わからない。わかりようもない。もしなにもかも上手くいったとしても、体を売った過去があったら、自分はあの人の顔を真っ直ぐに見られないかもしれない。

「準備は済んだか？　オークションはすでに始まってるぞ」

「お前は今夜の目玉だから、登場は最後だ」

男が三人入ってきて、取り囲まれる。

暴れたら押さえつけるためなのか、今まで見た従業員よりも大柄な男ばかりだった。

「尻の中までよく洗ったか？」

「確認するから、脱いでベッドの柱につかまれ。尻だけ高く上げるんだ」

男たちに命じられた瞬間、カッと怒りが燃える。

それでも態度には出さなかった。バスルームで中を洗ったときのように、意識を遠くに飛ばす。なに一つあらがわず、速やかにバスローブを脱いだ。

天蓋のついたベッドの柱を両手でつかみ、尻を突きだす。

「いい子だ。そのまま足をもっと広げろ」

「う、ぁ……っ」

尻の肉を男の手で鷲（わし）づかみにされて、中を検（あらた）められる。

ぬるりとした粘液に濡（ぬ）れた指と、なにか小さな異物をねじ込まれた。

「そ、それ……は？　なにを……」

「潤滑ゼリーつきの媚薬（びやく）だ。初物は痛がってこそ価値があるが、そればかりじゃ面白味がないからな」

「演技じゃなく、本気でよがれるぞ」

指を入れられるのもいやなのに、媚薬と聞いて底知れない恐怖を感じた。

また怒りが湧いてくる。

やめろともいやだともいいたかったけれど、怒声をそっくり呑み込んだ。

媚薬を仕込まれ、よがる自分なんて想像もつかないが、男娼を演じると決めたのだ。

媚薬によって自分以外のなにかになれるなら、正気を手放してしまったほうがいいと思った。


男たちに連れられて廊下に出ると、すぐ目の前の部屋の扉に『Doll』というプレートがはめ込んであった。

振り返ると、自分が与えられた部屋には『Feather』と彫られたプレートがはまっている。

ここに来たことは自分と桜にとって突然だったが、決まったのは昨日今日ではないのだと思った。黒いコンタクトレンズを用意していたことからも推測がつく。

決定がいつだったのかわからないが、大学の寮に入る日を指折り数えてわくわくしていたときにはもう、男娼としてここに入れる準備が進められていたのだ。勝手に源氏名を決められ、体を売るために必要なものを用意されていたのかと思うと、怒りのあまりめまいを覚える。

「会場は一階だ」

いくつもの部屋の前を通ると階段があり、階下から多くの人の気配を感じた。

会場の裏口から通されると、かすかだったざわめきが大きく耳に届く。

一つ前の男娼を巡って競り合いが行われたあとらしい。オークショニアがマイク越しに、『おめでとうございます。ハニービーは八千Jドルで七番様に落札されました』と締めていた。

ここは舞台裏に似た場所で、幕が邪魔して客席もステージも部分的にしか見えない。

ステージの位置は低く、客席はすべて高い位置にあった。

ハニービーという男娼は、こちら側に戻るわけではなく、ステージから階段を上がって落札者のところに行ったようだ。

「今のって、一晩の値段ですか?」

「当然だ。お遊びの制限時間は、オークション終了から日の出までと決まっている」

八千Jドルは、大卒の初任給の四倍ほどの金額だ。

それをたった一晩……若い男を抱くために使える人種がいるのかと思うと、ひどく気分が悪かった。

金をどう使おうが持ち主の自由だとわかっている。

しかしこれはあまりにも下劣だ。

「次はお前の番だぞ。裸になって、その衣装に着替えてから椅子に座れ」

男の一人が、マッサージチェアに近い形状の椅子を押してくる。

座面には畳んだ赤い服が置いてあった。

レースのカーテンに似た素材で、見るからに薄い。着たら間違いなく透けるだろう。これから人目にさらされる自分の姿を想像すると、鳥肌が立った。

「ほら、さっさとしろ」

男はそういって、トキハが着ていたバスローブに手をかける。

スルッと肩をむかれて裸にされると同時に、オークショニアが客席を盛り上げた。

『皆様お待ちかねの美少年、フェザーが間もなく登場します。歳は十七歳、健康優良児で成績優秀、スポーツ万能。弾けるように瑞々しい美肌と、黒い瞳と漆黒の髪を持つ、我らがエリアＪ生粋の正統派美少年。もちろん、正真正銘の初物です！』

客席から、拍手と歓声が上がった。

オークショニアはさらに期待感を高める。

「スケスケ衣装がよく似合うじゃないか」

男たちは着替えを強要し、馬鹿にしたように笑う。

男娼として売られる少年をさげすむことで、同じ男として優越感を覚えているように見えた。

――本当は、こんなところにいるはずじゃないのに……。

石にかじりつくように勉強して、偉くなって世界を変えるという目標が、今は見えない。

見えるのは自分の足と、赤いチュールのローブだ。

下の毛が透けていて、丈は膝上までしかなかった。

目に見えるものを自分の体だと思いたくなくて、男娼フェザーという別人だと割りきって椅子に座る。

座面に尻が当たると、尻の奥に違和感を覚えた。

媚薬のせいで中が部分的に熱くなっているようで、むずがゆくなる。

マッサージチェアに似た椅子に座った途端、手をベルトで縛られ、肘かけに固定された。

よく見ると足元にも革ベルトがあり、案の定、足首を締めつけられる。

ふくらはぎは左右別々に、フットレストのようなものにはめ込まれた形になった。手首や足首に続いて、膝までベルトで固定される。

「なんでこんな……っ、あ……！」

理由を問おうとすると、背もたれの後ろから伸びてきた手で口を塞がれた。

男の手の平から、口の中に無理やりなにかを詰め込まれる。

「う、うっ」

「抵抗してもしなくても結果は同じ。すればその分、痛い思いをするだけだ」

そんなことわかってる。わかってるから、こうやっておとなしくしてるんだ——そういい返したくても声が出なかった。

口に詰め込まれたのは、おそらくプラスチック製の球体だ。

無数の穴があり、中は空洞のようだった。

「うう、ぐ、ぅ……」

覚悟を決めたつもりでも、拘束されたり口を塞がれたりすると怖くなる。

球体からはベルトが伸びていて、頭の後ろで締められた。

息はできるが、下を向いたらよだれが垂れそうで、必然的に上向き加減になる。

オークショニアが新人登場のアナウンスをすると、ステージが真っ暗になった。

「……う、ぅ……」

呼吸のしかたがつかめず息苦しいのに、椅子を押され、ステージの中央に連れていかれる。

客席は円卓が並べられたホールで、卓上に置かれたランプの炎が唯一の灯(あか)りになっていた。

ステージはホールに向かって半円形に突きだした形になっている。その端から端まで、円卓が寄せられていた。

——テーブルが三十くらい。客も三十人か、それより少し多いくらいか？

ホールは、映画に出てくる上流階級の晩餐会(ばんさんかい)を彷彿とさせる雰囲気だった。

壁や調度品はシャンパンゴールド、テーブルクロスは黒。客は全員タキシード姿で、目元を隠す白い仮面を着けている。

「皆様、長らくお待たせ致しました。今宵(こよい)のメインイベントを開始いたします！」

アナウンスに続いて、突然スポットを当てられる。

正面上から強い光が当たり、目がくらんでなにも見えなくなった。

ホールから男たちの歓声が上がる。「美しい」などという称賛も聞こえた。

「――ぅ、く……ぅ」

オークショニアが開始価格を発表すると、そこから一気に競りが始まる。

最初は三千Jドルで、複数の客が入札し、瞬く間に三万Jドルまで上がった。

そこまで行くと、十三番と呼ばれる若い客と、九番と呼ばれる年配の客の一騎打ちになる。

「四万出そう」

白い仮面を着けた九番の男が入札用の札を立て、どことなく苛立った口調でいう。

その金額にトキハはもちろんおどろいたが、客席もざわめいた。拍手まで上がる。

オークショニアが他の客にさらなる入札をうながそうとすると、その前に十三番の客が札を立てた。

「五万」と、低い声でいう。

会場全体がどよめく中、九番の男は両手を肩の位置まで上げて、大袈裟に敗北を示した。

――五万⁉　まさかそんな……嘘だろ？

一般人が五万Jドルを稼ごうと思ったら、一年や二年は働かなければならないはずだ。

いくら裕福だからといって一晩の遊びに使うなんて、まともな神経とは思えなかった。

「新人フェザーの初めての相手となる権利は、五万Jドルで落札されました！　十三番様、そして立会人となられる上位四名の入札者様。めくるめく官能の夜をおすごしください」

十三番と呼ばれた男は喝采を浴び、静かに階段を下りてくる。

背が高くて、脚が長くて、モデルのようにスタイルのいい男だった。

黒いタキシード姿で、髪は褐色に見える。

続いて、入札金額の高い上位四名が階段を下りてきた。

五人の男がステージに下り立つと、天井から緞帳が下がる。

「う、う……く……」

「今夜は私のターンだと思っていたよ。他の客も館のスタッフも全員そう思っていたことだろう。急にどういう風の吹き回しかな?」

最後に負けた年配の男の問いに、十三番の男は「好みのタイプだったので」と返した。

「初物は怯えて泣いていたりうつむいていたり、あるいは暴れたりするものですが、この子は違いましたから。照明のまぶしさにも負けず、客席をずっとにらみ上げていました」

「――っ、ぅ」

男が近づいてきたことで、より明瞭になる顔と声に、トキハは目と耳を疑う。

大きな仮面を着けていてもわかる、端整な顔立ち。脳に沁み込むような低音の美声――。

――あの人に、似てる……。

シュアンの髪は青みがかったためずらしい黒で、この男の髪は平凡な色だ。しかもシュアンが碧眼なのに対し、男の目は黒だった。

顔立ちや雰囲気、なにより声がシュアンに似ている気がするが、色違いの男。最後に会ったのが七年前でも忘れない、決して色褪せない。毎日毎日、密かに語りかけてきた相手だ。なにもかも昨日のことのように思いだせる。

他人の空似にしては似すぎている気がして、仮面の向こうにシュアンの顔を思い描かずにはいられなかった。

「う、ぐ……ぅ！」

まさか、あなたなんですか——そう訊きたくても声が出せず、うめくだけになる。

——シュアン様……あなたなんですか？　こんな、いかがわしいところにいるから、だから髪や目の色を変えてるんですか？

自分自身も黒いコンタクトレンズを装着して生来の色を隠している今、髪の色や目の色が違ったくらいで他人とはいいきれないと思った。

もちろん、顔立ちと声が似ているからといって同一人物ともいいきれないし、こんな場所にあの人が来るなんて信じたくない。

「十三番の君、お手並み拝見といくよ」

「ええ、どうぞ御覧ください」

改めて聞いても、やはり同じ声だった。

七年前に、ほんの数分話しただけ……たったそれだけなのに、やはり忘れていない。贈られた言葉と一緒に、録音したかのように頭に残っている。

――シュアン様……。

唇の形もフェイスラインもシュアンに似た男を見上げながら、彼をシュアンだと思いたがっている自分の気持ちに気づいた。

弱い立場の相手を金で買うような真似、あの人には絶対にしてほしくない。絶対にいやだ。けれども自分としては……自分自身としては、どうしても男に抱かれなければならないなら、相手は絶対にあの人がいいと思っている。

心に大きな矛盾があった。絶対――という強い思いが、両極端な希望それぞれについている。身勝手だけれど、どちらも本音だ。

――あの人だと思いたい。あとで違うとわかったとき……すさまじい罪悪感と自己嫌悪に陥るとしても、今は……俺を最初に抱く男を、あの人だと思いたい。

自分を捨ててフェザーという名の男娼になりきるつもりだったのに、自分の意思で、この男をシュアン・真紅だと思うことに決める。

彼は変装してこの屋敷に来て、黒髪黒目の新人男娼であるフェザーを気に入り、五万Jドルも出して競り落としたのだ。

十三番の男はシュアン様で、彼は目の色に関係なく俺を気に入ってくれたんだ――そう思い込めば、恥知らずで野蛮なショーを乗り越えられる気がした。

「皆様、準備はよろしいですか？　十三番様以外の四名様は、二手に分かれてください」

従業員の声が響き、ステージと舞台裏を仕切るための緞帳も下りる。

「ん、う、ぅ……!?」

座っていた椅子が上に向かって動きだした。モーター音と共に背もたれが倒れる。

同時に、座面とフットレストが上がった。

それにより左右の足を無理やり開かれる。

透ける赤いミニローブも当然開いてしまい、なにも穿いていない下半身が丸だしになった。

「う、ぐ……っ、うぅ！」

「おおっ、これはこれは、初物らしい綺麗な色じゃないか。形も大変美しい」

九番の男が口髭をなでながらいった。

他の立会人も似たようなことをいう。

「う、ぅ――っ！」

股を裂かれるかと思うほど足を開ききったところでモーター音が止まり、臀部を支えていた座面がいきなり落ちた。

それにより体が沈み、背中やふくらはぎに体重がかかる。

「この肌にふれるのは、落札者だけの権利だ」

シュアンだと思うことにした男の右手の指が、後孔の表面を掠めた。

　襞をなぞるような動きをみせたり、すぼまった穴の中心を軽く突いたりしながら、左手では性器にふれてくる。

「ん、ぅ……ふ、ぅ」

「この体なら大枚を叩くだけの価値がある。お前はとても美しい」

　七年前、シュアンはトキハの紫眼を美しいといった。

　それと同じ声で、みっともなく広げた体に同じ言葉をかけられると、かえってみじめな気持ちになる。官人養成大学ではなく、こんなところにいる自分がいやで、泡のように消えてしまいたかった。

「立会人の皆様、こちらをどうぞお取りください」

　緞帳の向こうから従業員が入ってきて、猫の玩具のようなものを立会人に配る。

「フェザーに直接ふれる権利があるのは落札者様だけですが、フェザーの名にちなんで、今宵はこんな玩具を御用意しました」

　シュアンに競り負けた四人は、しなる棒の先端についた鳥の羽根を見て、「なるほど」「これはなかなかつらそうだ」と笑った。

「フェザーくん、ほらもっとたのしみたまえ」

　九番の男の手で赤いローブの腰紐を解かれ、両腕以外のすべてをむきだしにされる。

　左右から男たちが玩具を寄せてきた。

首や耳元、脇腹を、羽根でくすぐられる。

「ふ、ぅ……ふ……！」

プラスチックボールをくわえているせいで呼吸しづらいのに、ますます苦しくなった。

着色された派手な色の鳥の羽根が、両方の乳首を何度も弾く。

羽根の芯の部分でしつこく刺激され、もてあそばれた。さらには、臍や脇、足の裏までくすぐられる。

「ぐ、く……ふ、ぅ……」

唾液まみれになりながら、トキハは両足を動かして身もだえる。

ずり上がるように身を伸ばして暴れた。

そうしようと思わなくても体が勝手に反応する。

ほとんど動けない制限下でうごめき、羽根の愛撫から必死で逃げた。

「ん、う……うぅ！」

後孔と性器をなで続けていたシュアンの指が、体内に滑り込んでくる。

潤滑ゼリーを仕込まれたせいで、奥の熱いところまで届いた。

——なんだ……っ、これ……！

認めたくなかったが、やけに気持ちがいい場所がある。

指がそこから離れていくとさみしい感じすらして、浅ましくねだりそうになった。

「ん、ふ……ふ、ぅ……！」

長い指が二本、体の中でうごめく。

いじられている内臓の存在を感じるくらい、内壁をぐりぐりと押しほぐされた。

「く、ん、ぅ……っ」

媚薬のせいで中が熱くて、むずがゆくて……どうしてもかいてほしくなる。

そうなったところを確実にかいてもらえるのは、ほっとするほどの快感だった。

「もっと力を抜け。痛い目を見るぞ」

「ふ、ぅ……う——っ！」

奥を突かれながら性器をしごかれ、上り詰めた自覚がないまま達してしまう。

自分の精液が鎖骨や顔にかかって初めて、ああ達ったんだと確信した。

——おかしい……全然、足りない……。

達けばそれで一気に冷めるものなのに、今はなぜかそうならない。

もっと、もっと指を動かしてほしかった。

奥の一番いいところを、執拗に揉みほぐしてほしい。

「ん、んぅ……ぅ」

シュアンの視線だけではなく、立会人たちの視線を感じた。

当のシュアンは冷静なのに、他の四人は、ごくりと喉を鳴らして興奮している。

「う、く……ふ……っ！」

望み通りシュアンの指が中で動いた。

一番いいところを何度も突いてくる。

自己の精神的な防衛のために十三番の男をシュアンだと思い込んだうえでの話だったが――彼の指が体内でうごめくのがたまらなくて、羞恥も忘れそうなほど気持ちがいい。

初めて知る自分の浅ましさにおどろいたけれど、今はそんなことどうでもよかった。

もっと、もっと気持ちよくなりたくて、内臓がきゅんきゅんと収縮する。

「ん……く、っ」

「立会人は指一本ふれてはいけないなんて、実に酷なルールだ。私が落札者になったときは、立会人にも接触を許しているが？」

「生憎ですがルール通りで」

遠回しにさわらせろといっている九番の男を、シュアンは即座にはね除けた。それだけでは気が済まない様子で、立会人四人をぎっとにらみ据える。

「集中できませんので、ここから先は静かに見ていてください。その玩具も要りません」

シュアンの言葉に、比較的若い男が舌を打った。

九番の男は、「遊び心のない男が初物を競り落とすとは」と呆れたようにいいながら、羽根のついた玩具を放り投げる。

——シュアン様……。

不満げな立会人を余所に、シュアンは黒い瞳を向けてくる。

やはり彼だと思った。そうでなかったら死んでしまいそうだ。

なにか事情があってこんなところにいて、特徴的な目や髪の色を変えているのだろう。

羽根の玩具から逃がしてくれたのも、くすぐられる苦しさを考えたうえでの配慮に思えた。

「そのまま力を抜いていろ。無駄に痛い思いをしなくて済む」

「う、ぅ……」

立会人が手を引いても、視線は相変わらず方々から向かってくる。

それなのに、二人きりになった感覚があった。

シュアン以外の誰にもふれられないことに、心から安堵(あんど)しているからかもしれない。

同時に、彼にならなにをされてもいい——そんな気持ちが芽生えていた。

「挿(い)れるぞ」

後孔から指を抜かれ、体の中がたちまちさみしくなる。

シュアンは上着を脱ぎ、スラックスの前をくつろげた。

たとえシュアンのものでも猛々(たけだけ)しい雄の欲望を見るのは怖くて、トキハはまぶたを閉じて顔を背ける。

「息を詰めるな、力が入る」

そんなことをいわれても緊張してしまい、体が思い通りにならなかった。

熱い肉のかたまりをそこに当てられると、目で見ていなくても形が浮かんでくる。怖いのと同時に、さみしくなった体がきゅんと収縮している気がした。

「――う、ふ……ぅ！」

見なくてよかった――そう思うくらい硬く威圧的なものが、体内に入ってくる。

ほぐされた穴が引き伸ばされて、ミシミシと拡がった。

「う、う――っ！」

全部入ったのか、途中までなのか、まるでわからなかった。

限界を超えているとしか思えないほどこじ開けられた後孔が痛くて、腹までみっちりと埋め尽くされた気がする。内臓を無理やり押し上げられているせいか、たまらなく息苦しい。

「ふ、ぅ……」

宙に浮いている臀部に、シュアンの股関節の骨がぶつかる。

性器が根元まで入りきったのがわかると、胸の中で込み上げるものがあった。

「んぅ、ぅ……」

「――ッ」

彼がかすかに呻(うめ)くのを耳にする。

吐息と紛れるくらいのものだったが、間違いなかった。

シュアンは確かに感じて、呼吸を乱し始めている。

「ん、く……ふ……っ」

心はとても矛盾だらけで、シュアンが男を買ってたのしむゲスだと思いたくないのに、自分を抱いているのはシュアンであってほしいと思うし、彼が冷静なのもいやだった。

これまで勉強ばかりしてきて、恋や愛にふれるのは本を読んでいるときだけだった。それは自分とは無縁の感情……非現実的で浮ついたものだと思っていたけれど、そんなことはない。

自分を抱いているのがシュアンだと考えるとたちまち、すべてが理解できるようになる。

この人じゃなければ絶対に駄目だという、限定的な感情が生まれ、すべてが他人事から自分事へと変わっていく。

「ふ……う、んん……！」

ずんと奥を突かれ、そこから去られる。

体の内側を裏返しにされるような感覚だった。

そして再び奥まで突き上げられ、腿や膝が痙攣を起こす。

無理な体勢にもかかわらず、動かれるたびに彼の形に馴染んでいった。

「ん、ぅ――っ」

抽挿に慣れれば痛みは引き、快楽が増していく。

射精の瞬間ですら敵わないくらいの快感が背筋を駆けて、あったはずの抵抗感を消失させた。

――この人をシュアン様だと思ってることと、あとは……媚薬のせいもあるんだろうけど、これ、すごい……気持ちいい……。

奥を突かれると、脳天まで衝撃が来る。

何度も仰け反るうちに、プラスチックボールの猿轡が外れた。

唾液まみれのそれは、顎に当たって首まで落ちる。

「あ、あぁ……や、ぁ……！」

ようやくまともに出た自分の声は、ひどく甘ったるい。自分の声だと認めたくないほど恥ずかしくていやなのに、激しく突かれると抑えきれなかった。

「い、ぁ……あぁ……！」

休む余裕は微塵もなく、いきなり乳首をつままれる。

体中の性感帯が、一つの回路でつながっていた。

乳首でも体の奥でも、彼に責められるならどこでも気持ちよくて……電流さながらに快感が伝わる。ふれられていないところまでびくびくと震えた。

「や、だ……もう、無理……また……」

「中に出すぞ……お前も達け」

「あぁ……っ……」

彼に命じられるまでもなく、ひゅるりと達する。

限界まで伸ばした首に、自分の精液が降り注いだ。

「——ッ、ゥ……」

全身が勝手に動いて止まらない。

陸に釣り上げられた魚のように跳ねて、さらに跳ねて、ハァハァと呼吸が乱れる。

体の奥のほうで、シュアンの性器が脈打っていた。

彼の一部が自分の中にあることを、改めて感じる。

——腹ん中……すごい、熱い……駄目だ……こんなこと……。

気持ちがいいのに胸が軋んで、なんだか切なかった。

いやではないのに泣きたい気分になる。

これは、好きでもない相手とやってはいけない行為だ。絶対に駄目だと、そう思った。

セックスは売買するようなものではなく、もっと大切にするべきものだ。

自分が思っていたよりもずっと、これは重たい。

「ん、あ……あぁ！」

つながりがとけると、大きな喪失感があった。

硬く張り詰めたかたまりで埋められていた体が、空っぽになる。

「——皆様、十三番様の御手により、新人のフェザーが男娼への道を歩み始めました」

余韻に浸る間もなく、従業員が高らかにいった。

「立会人の皆様、お検めください」

シュアンが身を引くと、男たちがぞろぞろと足の間にやって来る。

裂けるかと思うほど開かれた股間を覗き込まれ、従業員たちの手でさらに大きく割られた。

「や、いやだ……っ、見るな！」

尻肉を引っ張られて後孔を拡張されると、体内で逆流が起きる。

中に出された精液が流れだす感覚があり、反射的に力を入れて塞き止めた。

「十三番様、お願いします」

従業員がシュアンに向かって頭を下げると、彼は服を整えて戻ってくる。

そして再びトキハの正面に立った。

四人の立会人と二人の従業員が見守る中、すぼまった後孔に指を挿入してくる。

「うあ、ぁ……い、いやだ……！」

中指を根元まで突っ込まれ、中でぐるりと回転された。

その動きに合わせて、従業員が尻の肉を外へ外へとつかみ上げる。

「や、め……指、抜かな……ぁ……！」

力を入れても止めようがなかった。

ゆっくりと抜ける中指を追って、精液が下がる。

床に落ちた重たい体液が、ボタボタと生々しい音を立てた。

「う、あ……ぁ……」

「お前が俺のものになった証拠だ」

後孔から精液を垂らすトキハを見下ろして、シュアンは笑う。

けれども笑っているのは口元だけだった。

仮面を着けていてもわかるくらい、目が笑っていない。

それどころか、苛烈な怒りを孕んでいるように見えた。

――シュアン様じゃ……ない？

声も口元も輪郭も、体格も似ているように思ったけれど、本気で迷う。

今の表情は自分が知っている彼ではなく、それこそ本当に、魔王のようにおそろしく見えた。


シュアンかどうかわからない十三番の男と離されたトキハは、舞台裏で拘束をとかれて体を拭われ、バスローブに着替えさせられた。

最初は関節が痛くて足元が覚束なかったが、二階に戻るころには歩けるようになっていた。

「十三番様は先に部屋でお待ちだ。ここに来た経緯に関して余計なことを話すなよ」

二階の廊下を歩きながら忠告され、二人の従業員に付き添われて部屋に向かう。

あの人と二人きりになると思うと、期待と興奮の入り交じった緊張感に身がこわばった。

――シュアン様なのか、違うのか……。

矛盾する願いは、今もぶつかり合っている。

それでいてセックスをする前とは均衡が変わっていた。

シュアンであってほしい気持ちがいっそう強くなり、心が揺れている。

――いずれにしても……俺だとバレないのはよかった。

黒いコンタクトレンズを着けていなかったら、彼はきっと……孤児院で会ったオッドアイの子供だと気づいただろう。

いくら大勢の中の一人とはいえ、オッドアイの紫眼は人の記憶に残るくらいめずらしいものだから、あの人も憶えているはずだ。

「お待たせしました、フェザーです」

部屋に戻る前に従業員から指示を受け、いわれた通りの挨拶をする。

部屋の中心には天蓋つきベッドがあり、その前に彼が立っていた。

仮面を外しているだろうと予想していたが、相変わらず白い仮面を着けたままだ。

「あの……その仮面、外さないんですか？」

「男娼ごときに見せる顔は持っていない」

緊張しながら問いかけると、耳を疑うほど冷淡な口調で返される。

オークションのときとは違い、汚いものでも見るような目でにらみ下ろされた。

——この人……よくわからない。痛くないように気遣って抱いたり、目は怒ってるのに笑ってみせたり、急に不機嫌な顔したり。

仮面を着けているにもかかわらず、表情は見て取れる。

秋の空のように変わるつかみどころのなさに、ひどく不安になった。

「お前はなぜこの館に？　自ら望んで男娼になったのか？」

男からの質問に、「望むわけないだろ！」と怒鳴りそうになった。

寸前に呑み込んだが、顔には出てしまう。

「そうじゃないといいたげだな。どこかから無理矢理連れてこられたのか？」

「いえ、一応……納得してここにいます」

「どう納得したんだ？」

「立身出世のためです。養子縁組とか、狙って……いい大学に行きたくて。借金とかあるから、返さなきゃいけないし」

どこまでなら話していいのか……正直よくわからなかったが、事実をオブラートに包みながら本音を口にする。

逃げだしてもろくな人生にならない以上、裕福な人間と接する機会のある現状を、巻き返しのチャンスだと思うしかない。

そう考えたからこそ、屈辱に耐えたのだ。

シュアン以外の男とあんなことはできないと思うと、これからどうしたらいいのかわからなくなっているけれど――。

「愚かだな。男娼に身を落として立身出世を夢見るなど、愚の骨頂だ」

「――っ、え……？」

不快げに吐き捨てられた言葉以上に、トキハは男の行動におどろく。

彼はなぜか右手を振り上げ、それを一気に振り下ろした。

「うあ、ぁ……！」

バシーッと音がして、天地が引っ繰り返る。

ベッドになぎ倒されて痛みを感じるまで、なにをされたのかわからなかった。

頬が燃えるように熱くなり、自分が男に引っ叩かれたのだと認識する。

シュアンだと信じている今の段階で、暴力を振るわれたことがショックだった。

誰に殴られてもショックには違いないけれど、もしもこれが他の男の行いだったら、混じり気のない単純な怒りで済んだだろう。

「やめ、あ……うぁ……！」

なんで殴るんだ――そう問おうとした瞬間、男がベッドの上に膝を乗せてくる。

間髪容れずに馬乗りになり、左頬をさらに叩いてきた。

「やめろ」といいかけたせいで口の中を切ってしまい、鉄錆のような味に恐怖する。

「やめ、やめろ……なんでこんな……！」

再び振り上げられる手が怖くて、たちまち血の気が引いた。

男の体は大きく、手の平も大きくて、それがもう一度顔に当たるのが怖くてたまらない。

「こういう馬鹿なガキは躾け直さないとな。ここの流儀を教えてやる」

「うわ、ぁ！」

バスローブの襟元をつかまれ、いきなり裸にされた。

暴力が怖くてあらがえずにいると、体を引っ繰り返される。

「なにを……っ、乱暴なことは……！」

「これは落札者に与えられる正当な権利だ」

男はトキハをベッドマットにうつぶせにして、もう一度馬乗りになった。

背後でカチャッと物音を立てる。

どうにか顔だけを後ろに向けると、上着を脱いだ男がサスペンダーを外していた。

「この館の客が普通の客だとでも思ったか？　ここは嗜虐性の高い男しか来ない男娼館だ。一週間で消える程度の傷ならいくらつけてもいい。そういうルールが売りになってる」

「そんな……まさか、そんな……！」

「安心しろ。これも一週間以内には消える」

「――っ⁉」

仮面の男はサスペンダーを手に巻きつけ、長く伸びた一本を天蓋に向けて振り上げる。

サスペンダーの表面は絹かサテンのように見えたが、裏面は黒い革で出来ていた。そのうえ先端には金具が二つもついている。

「いやだ……っ、やめてくれ！」

言葉でも体でも抵抗したが、無駄だった。

腰を片手で押さえつけられ、革の面で背中を打たれる。

「うああ――っ！」

引っ叩かれたときとは比べようもない音が立った。

皮膚から筋肉、骨まで伝わる衝撃と痛みに、トキハは身も世もなく絶叫する。

「ぐは……う、ぁ！」

「このくらい可愛(かわい)いものだと思え。俺は赤く腫れた肌を好むが、血は好まない性質(たち)だ」

よく通る声で、男は愉快げにいった。

顔を見る余裕はなかったが、たのしんでいるのが声でわかる。

「噂(うわさ)に聞いたところによると、常連客の中に腕のいい外科医がいるらしい。美少年の肌をメスで切り刻むのが趣味だそうだ。出血量をコントロールし、すべての傷を一週間で見事に完治させるため、商品を切り刻んでもお咎(とが)めなしときている。他にもまだ妙な趣味の客がいるぞ。首を絞めて失神するほど苦しめ……ギリギリのところで殺さずに済ませるそうだ。実のところ何人か殺してしまい、そのたびに多額の賠償金を支払わされているらしい」

信じられない暴挙と言葉に、トキハはベッドに張りついて泣いた。

ついさっき、この男に抱かれて感じた自分を消し去りたい。

こんな暴力的な変態男をシュアンだと思い込むなんて、本物のシュアンに対してあまりにも申し訳ない話だ。屈辱から逃れるためにシュアンの姿を引っ張りだした自分は、どうしようもなく愚かだった。

「己の甘さと思慮のなさ、馬鹿さ加減に涙が止まらないか？　お前のような世間知らずのガキには、落伍者（らくごしゃ）の印をつけてやろう」

「――っ、やめてくれ！」

男の言葉の意味を察して振り返ると、その手に巻きつけられたサスペンダーが、まさに空を切る瞬間だった。

「ぐああ――ぁ……っ‼」

雷に打たれたように、背中がビリビリと痺（しび）れる。

一発目とは逆の方向に斜めに打たれ、バツ印がついたのがわかった。

特に金具が当たった上腕が痛くて、一方的な暴力が骨身に沁（し）みる。

「う……痛ぅ、ぅ！」

「ほくろ一つない肌に、真っ赤なバツが浮き上がってきたぞ。お前にはお似合いだ」

「……っ、もう、やめてくれ。痛い……」

「フェザー、よく覚えておけ。ここの客は、やめてくれだの痛いだのというと、ますます燃え上がる。美少年が泣きわめいて、綺麗な顔を苦痛に歪めるのが見たくてしかたがない連中ばかりだからな」

「最低……だ、そんな、の……」

「もちろん俺も、その最低な人間の一人だ」

「――う、う……」

痛みに悶えながら男の言葉を聞くうちに、トキハはここに一緒に連れてこられた桜のことを思いだす。

この娼館に通ってくる客が残忍な客ばかりだとしたら、桜も自分と同じ目に遭うはずだ。オークションに初物として出品され、あの屈辱と痛みを味わって……運が悪ければ、外科医に買われてメスで切り刻まれる。より悪ければ首を絞める趣味の客に落札され、桜の細首は呆気なく折れてしまうかもしれない。

――逃げなきゃ駄目だ……アイツにも、教えてやらなきゃ……。

男の手がゆるんだ隙に、どうにか起き上がる。

動こうと思えばそれなりに動くことができた。打たれた背中と上腕が痛かったが、ひりひりとするだけで、ひどい怪我ではない。

「フェザー、こっちを向け。顔を見せろ」

男はそういって、仮面を着けたまま迫ってくる。

引っ叩かれて腫れた頬をなでられた。

「俺の指の痕がついている」

いたく満足げにいわれ、ぞくりとする。

自分でもよくわからない感覚があり、痛いことをされたのに、なぜかとても性的に感じた。

体中のあちこちが熱っぽく、セックスをしているときに近い、響き渡るような快感を覚える。

「——助けて、ください……」

勝手に言葉がこぼれていた。

涙もぽろぽろとあふれて止まらない。

不思議と彼のことは怖くなかった。この人ならなんとかしてくれるような予感がある。

「もっと……殴っても、いいから……」

「殴るのは俺の権利だ。お前に許可をもらうようなことじゃない。助かりたいなら、他人に頼らず自分でどうにかするんだな」

「自分で?」

なにか方法があるのかとすがる思いで身を乗りだすと、今度は背中にふれられる。

腫れた部分に爪を立てながら引き寄せられ、絶叫せずにはいられなかった。

「うあああぁ――っ！」

「客がいる時間帯は庭に番犬がいなくなる。窓から裏庭に下りて、警備のいない庭師用の木戸から出ろ。あそこは鍵も甘い」

「――っ⁉」

「外に出たら国道沿いに東に進むんだ。牧場のような庭の家がある」

絶叫する瞬間を狙い澄ましたように、男は耳に直接……かなりの早口でささやいた。

これまでとは話し方がまったく違う。

「……どうして……」

「口を開けろ。おたのしみの時間だ」

「うあぁ！」

再び背中を押され、すぐに唇を塞がれる。

一瞬なにで塞がれたのかわからなかったが、悲鳴を封じたのは紛れもなく唇だった。

そのうえ舌まで挿入される。

「ん、う……ぅ」

仮面が頬骨の上に当たり、少し痛かった。

けれどもそれ以上に、唇の接触が気になる。

一応セックスと呼べるものを経験したのに、キスをするのは初めてだと気づいた。

十七年間生きてきて、これまで一度も……誰ともしたことがなかった。

「ふ、ぅ……んっ」

硬めで弾力のある唇に押され、トキハの唇はやすやすと崩される。

完成された男の唇と比べると軟弱で、自分の中に残る子供っぽさを感じた。

「は、っ……ぅ……」

この男はシュアンなのか、違うのか――仮面の男の正体がわからない中で、トキハは一つの可能性に行き着く。

もしかしたらこの人は、盗聴器などの存在を気にして、ここの客らしく振る舞っているのかもしれない。この屋敷ならそういったものがありそうだ。

わざわざ危険な客の話を聞かせたのも、引っ叩いたのもサスペンダーで打ったのも、嘲笑ったのも、すべてに意味がある気がした。

「ふ、っ……ぁ……」

頭を働かせたいのに、上手く集中できない。

唇を甘噛みしたり、ねぶったり、舌を深々と挿入したり……シュアンとしか思えない男がキスをしてくる。まるで美味しいもののように味わわれると、胸がくすぐったくなった。

「……ん、ぅ」

血の味がするキスなのに、貪欲に舐めては吸われる。

彼が蝶ネクタイを外すのがわかった。

「ん、んぅ……う、ふ……！」

呼吸のタイミングがつかめないまま、後方に押し倒される。

タキシードに包まれた大きな体が、立てた膝と膝の間に割り込んできた。

勃起した性器を押しつけられ、また迷う。

彼はシュアンなのか違うのか。自分はどちらを望んでいるのか——。

「ん、う、ぅ……っ」

口の中が熱くなり、とろとろに蕩けた。

血混じりの唾液を舌で転がし合うと、腰のあたりがびくんと震える。

「は……ふ、ぅ」

トキハの性器はすでに兆していたが、それとは違う反応だった。

媚薬を仕込まれた体の奥が、一度知った快楽を求めてうずく。

シュアンはキスをしながら性器を取りだし、生々しい肉のかたまりをトキハの性器にあてがった。

ずしりと重みがかかり、存在感に圧倒される。

つい先ほど体の中に収まったのが嘘のように大きく、おどろくほど硬かった。

「……あ……ふ……」

少々乱暴に体を裏返され、四つん這いにされる。

反らした背中がひりひりと痛んだ。

「腰を上げろ、後ろから突っ込んでやる」

「――っ、ぅ」

宣言通り、このまま獣のような体勢で挿入されると思った。

今度はすんなり入るものなのか、それとも改めてほぐさないと痛いのか、経験のないトキハにはわからなかったが、挿れられたいと思っている。

媚薬の影響が残る体の奥の、痛がゆくて熱いうずきをなんとかしてほしかった。

ステージ上での異様なセックスではなく……普通に、そういうことをしてみたい気持ちもあった。彼がシュアン・真紅であるならば――。

「……え、ぁ……っ」

宣言に反して、なぜか挿入されなかった。

男はトキハの両腿を外側から押さえつけ、性器を間に挟んで腰を揺らす。

「ふぁ、あ、ん……！」

袋の裏側と性器の裏側を同時にこすられると、信じられないほど甘ったるい嬌声が漏れてしまった。

「ん、んぅ」

恥ずかしがる隙もなく、同じことを何度も繰り返される。

これは疑似的なセックスなのか、それとも挿入前の前戯にすぎないのか、よくわからないままよがってしまった。

「う、あぁぁ……痛っ、う……！」

突然、快楽の中に痛みが割り込む。

背中を叩かれたせいだ。

サスペンダーの痕とは微妙にずれていたが、近い部分をバシバシと平手で叩かれ、痛みを訴えずにはいられなかった。

――無理やり突っ込まれて痛がってるとか、そういうふうに見せかけたいのか？

男の意図は推し量るしかなく、トキハは彼に失望されたくない一心で従った。

痛みを我慢せずに、「痛い……っ、やめてくれ！」と、悲痛な声を出す。

「は、う……んっ」

叩かれれば痛いが、性器の裏側をこすられ、ぶら下がったものを揉むようにこすられるのは気持ちがよかった。鳥肌が立つほどぞくぞくする。

「お前は胸も感じるんだったな」

「や、あぁ……っ」

男は獣の体位で疑似セックスを続けながら、胸にふれてくる。

両胸の乳首を探り当て、指と指の間に強く挟んだ。

「い、あっ、あぁ――ッ」

「どうした？　まだ柔らかいぞ。猫の玩具（おもちゃ）で男たちにもてあそばれたときは、あれほど尖（とが）らせていたくせに。俺の指じゃ不満か？」

「ん、ぅ……や、やめ……っ」

乳首をつままれながら先端を爪で弾（はじ）かれ、そこから伝わる刺激に身震いする。いじられているのは乳首で、後孔は放っておかれたままなのに、穴が勝手にすぼまった。奥のほうが熱っぽくうごめく。

――挟んでないで、ちゃんと……。

男が挿入しない理由は、少し考えればすぐにわかった。

客がいる間に窓から逃げるよう耳打ちしてくれた彼は、体の負担を軽減してくれている。打たれた背中は痛いが、逃げるのに問題があるほどではないし、叩かれて腫れた左頬も逃亡には関係ない。

――シュアン様……。

桜を連れて逃げださなければならないことも、上手くここを出たあとも体力の限界まで走り続けなければならないこともわかっているのに、きちんと抱かれたい気持ちがあった。

「ん、ぅ……ぁ！」

両胸の乳首をつままれ、緩急をつけながら腰を打ちつけられる。

内腿が二人分の先走りで濡れて……ヌチャヌチャと、粘質で卑猥な音を立てた。

「ん……っ、ぅ……」

「——ッ、ハ……」

滑りがよくなったことで、お互いの快感が増していく。

自分のことはもちろんわかるし、彼が感じているのもわかった。

「う、ぅ……あ……ぁ！」

突きだした尻に腹筋が当たり、臀部の肉を押し潰される。

汗ばんだ肌と肌がふれ合ったり離れたり、そのたびに音を立てた。

悪戯をした子供が、おしおきで尻を叩かれているような音だ。

「や、ぁ……もぅ……っ」

「……ッ」

男は両手でつまんでいた乳首から手を引き、太腿を強く押さえつけてきた。

締めつけがきつくなった肉の間を、ひときわ激しく突いてくる。

「ふ、あぁ——っ！」

全身が心臓になったかのように、ドクドクと鳴っていた。

胸や鎖骨を、熱い体液でしたたかに打たれる。

自分のものだけではない証拠に、内腿の間にある男の性器が不規則に脈打った。

——すごい……まだ、出てくる……。

彼も自分も、一度では出しきれずに次々放つ。

心地好い疲労感に襲われて、トキハは膝を立てていられなくなった。

「あ、ぁ……」

絶頂の脱力と疲労で手足がガクガクと震え、解放された瞬間、糸の切れた操り人形のように突っ伏してしまう。

刺繍を施された高そうなベッドカバーが、ぬめる精液で汚れた。

結局後ろに挿入されることはなかったのに、ステージ上で犯されたときよりも通じ合えた気がした。それが勘違いではないことを……そして彼がシュアンであることを、ひたすら願った。

「ベッドをこんなに汚して、だらしない奴だ。初物じゃなかったら蹴り飛ばすところだ」

「……っ、ぅ」

ベッドカバーの上に崩れると、忌々しげに吐き捨てられる。

今にも舌打ちが聞こえてきそうないい方だった。

「まあいい……仕事明けで少々疲れた。退館時間まで眠るから、夜明け前に起こせ。無論、仮面を外した顔を覗き見るような真似はするなよ。声だけかければそれでいい」

「——っ、今から……眠るんですか?」

「ああ、お前はソファーで大人しくしていろ。また叩かれたいなら話は別だが……痛い目に遭いたくなければ極力物音を立てないことだ。俺は横に他人がいると眠れないうえに、不快な目覚め方をするとすこぶる機嫌が悪くなる」

男は高圧的な口調でいいながらも、発言とは異なる目をしていた。

本当にいいたいことはなんなのか、わかる気がした。

それでも不安はあって、トキハは仮面の向こうにある瞳から発せられるメッセージを、正しく受け止められていることを祈る。

「……わかり、ました。シャワー……浴びて、ソファーで休みます」

自分もまた、言葉とは違うものを視線に込めた。

決意を込めて彼を見つめ、少しうなずく。

盗聴だけではなく盗撮の可能性も念頭に置いて、まずは言葉通りにバスルームに向かった。

──夜が明けるまでに……物音を立てずに慎重に逃げろってことだ。番犬が万が一にも客に咬みつかないよう、檻に閉じ込められている間に……。

シャワーを浴びて部屋に戻ると、天蓋つきベッドのドレープがきっちりと閉じていた。

トキハは部屋の照明を最小限まで落とし、ソファーに横たわる。

従業員に見られていることを前提に考え、しばらくは寝た振りをした。

本当に監視していたとしても、監視対象はいくつもあるはずだ。

客も男娼も明らかに寝静まった部屋には、それほど注目しないだろう。

なにもかも上手くいきますように――どうか彼に迷惑をかけることなく、桜と共に逃げおおせることができますように。

心から祈りながら、一時間近くじっとしていた。

それからそうっと起き上がり、物音を立てないよう気をつけてクローゼットを開ける。

室内は仄暗（ほのぐら）い状態だったが、目が慣れたので十分動けた。

幸い着てきた服はそのままあり、秋の夜にバスローブ姿で飛びださなくても済む。

静かにゆっくりと着替えたトキハは、男がいる天蓋ベッドに視線を向けた。

なにか、特別な事情があってここに来ているだけだと信じたい。本当は若い男を買う下劣な男ではなく、篤志家としての姿が彼の真実だと思いたい。

――また、会えますよね……。

国道を東に進んだ先にある家は、彼の家なのか……それとも保護施設のようなものなのか、わからないが行ってみるしかない。

そこに行けばまた会えると思った。会いたいと思った。

後ろ髪を引かれながらも、トキハは部屋の扉を開ける。

廊下に見張りがいたら一巻の終わりだが、幸い従業員の姿はなかった。

――監視カメラが設置されてる可能性は、部屋の中より廊下のほうが高いよな？

廊下に出るなり一気に走り、目の前の桜の部屋の扉に張りつく。カメラがあっても極力映らないようにして、小さくノックした。

「はい……」

扉の向こうから桜の声が聞こえると、早く逃げなければとあせる気持ちが加速する。非現実的な世界から、地に足のついた世界に戻った心地だった。

「アンタ……っ、その顔は？」

絹の寝間着姿の桜は、トキハの頬を見るなり顔色を変える。いわれるまで忘れていたが、今でも頬が熱っぽかった。

背中は熱くひりひりとして、口の中を切ったせいで頬の内側まで腫れている。

「大したことないけど、ここはとんでもない場所だ。今すぐ逃げよう」

トキハは桜を室内に押し戻す形で踏み込み、すぐに照明を暗くした。

豆電球のみを点けた状態で、桜の耳に唇を寄せる。

「盗聴されてる可能性がある。こうやって、ささやくようにしゃべったほうがいい」

もしも盗聴器があったとしても、声を拾えないくらいの小声でいった。

桜はびっくりした様子で肩を震わせ、ひそひそしゃべるどころか、完全に絶句する。

「ここが男娼館だってこと……あとはオークションのこととか、詳しい話を聞いたか？」

薄闇の中で問うと、桜は黙ってうなずいた。

時間が惜しかったトキハは桜をクローゼットの前まで連れていき、「窓から逃げるから静かに着替えろ」とささやく。

「……逃げるって、本気でいってんの？」

「本気だ。ここは見た目が綺麗で豪華だけど、スラム以上に危険な場所だ。サディストの変態客ばかりで、殺された子も大勢いるんだ。生きて外に出た奴なんて一人もいない」

迅速に桜を動かすために、トキハはシュアンに聞いた話をより悲惨なものに変えた。

それが功を奏したのか、桜は迷うことなく寝間着を脱ぎ、急いで着替える。

冬用ブルゾンを着込んでから、はっとしたように顔を上げ、「ここ二階なんだけど」と小声でいった。

「わかってる。けど窓から出るしかないんだ。階段を使ったら十中八九見つかるし。普通の建物より高い二階だから、窓から逃げることは想定してないと思う」

「つまり無理ってことなんじゃ……運動、あんまり得意じゃないんだけど」

「知ってる」

「知ってるとかいうな、ムカつく」

孤児院にいたときは不仲だったトキハと桜は、まるで恋人同士のように互いの耳に顔を寄せ、ささやき合う。しまいにはハグに近い状態で会話した。

桜はひるんでいたが、だからといってここに留(とど)まるつもりはなさそうだった。

「まあ、しかたないか。痛い目に遭うのも死ぬのもいやだし」

「腹をくくるしかないだろ」

「ところでオークションはどうなった？　その顔は？」

「――オークションは……中止になった。俺に入札する客がいなかったから、期待外れだっていわれて……これは従業員に殴られた痕だ。とにかく急ぐぞ」

本当のことなんていえなかった。

なに一つとして、話せることがない。

「窓の高さ……結構あるな。煉瓦の継ぎ目に靴の先が入りそうだけど、それだけじゃ無理だからシーツを破ってつなげよう」

トキハは桜の部屋の窓を開け、平均的な建物の三階以上はありそうな高さに内心あせった。運動神経に自信がある自分はいいとして、桜が見たら腰が引けると思ったからだ。

「あ……裁縫道具を持ってきてるんだった。荷物取り上げられなくてよかった。小さい鋏だけどないよりマシかも」

桜は「高い」「おっかな」とはいったものの尻込みせず、そそくさと裁縫道具を出す。仄灯りの中で黙々と、通常なら勿体なくてとても切れないようなシーツやベッドカバー、天蓋ベッドのドレープを切っていった。

二人で協力してそれらをつなぎ合わせ、立派なロープを完成させる。この館で使われているものの品質がよかったおかげで逃亡が楽になり、難なく芝に下りることができた。

裏門がどこなのかは、すぐにわかる。

それを遠くから見据えたトキハは、十三番の男の言葉を改めて思いだした。

彼は『警備のいない庭師用の木戸から出ろ。あそこは鍵も甘い』といっていた。

逆にとらえると、裏庭に出てすぐ目に留まる裏門から出るのは危険だということだ。

彼はそれをわかっていて、庭師用の小さな木戸を探しだしてから脱走するよう、アドバイスしてくれたのだ。

もしその情報がなかったら、裏門に吸い寄せられてしまっただろう。

並木に隠れた小さな木戸を見つけることはできなかったはずだ。

「どうかした?」

「あ、いや……この木戸の鍵なら、思いきり蹴れば壊れそうだなと思って」

「野蛮人、馬鹿なの? 音立てるとか危険だし」

桜はそういって、鍵ごと木戸から外そうとする。

ねじをつまんで回し、器用さを見せつけた。

「あとは俺がやる。見張りを頼む」

指が痛そうだったので交代しようとすると、桜は「手柄を取る気?」と眉を寄せてねじ回しを続ける。

キシキシという音と、白い息が重なり合った。

功人の別邸を改造して作ったと思われる男娼館を抜けだしたあと、二人は夜道をひたすら歩き続けた。

最初のうちは転びそうな勢いで走っていたが、寒さと疲労と眠気で、いつの間にか速めの徒歩になる。それもやがてとぼとぼ歩きになり、後ろを振り返っては追手が来るのが怖くなって走り、すぐに疲れてまた歩く。

そんなことを繰り返しているうちに、東の空が白み始めた。

——背中、痛いし……腰も足も、つらい。

屋敷からどれくらい離れたのか想像がつかなかったが、逃げたことに気づかれて追手を出されたら、この疲労も痛みも水の泡だ。

足を棒にして歩いた道のりは、車ならあっという間の距離にすぎない。

見つかるのを避けて車道から離れて歩いたせいで、足場が悪く、余計に疲れていた。

「逃げたのはいいけど、どこに行くわけ？」

隣を歩いていた桜が、疲れきった顔で訊いてくる。

当てがないことをわかっていたからか、これまでは一度もこんな質問をしてこなかった。ついて来たものの、今になって後悔している様子だ。

「とにかく離れなきゃと思って、当てもなく東に向かってる」

「当てもなく、なんで東なわけ?」

「直感的に、なんとなく」

官人の篤志家シュアン・真紅かもしれない客から、「外に出たら国道沿いに東に進むんだ。牧場のような庭の家がある」といわれたことを、桜には話せなかった。

そこに行ったらどうなるのかもわからないが、当てにしているのは確かだ。

「こんな行き当たりばったりじゃなくて、何日かあそこで耐えて、もっと計画を詰めてから決行したほうがよかったんじゃない?」

「──それは……」

何日かなんて、耐えられなかった。

落札者がシュアンかもしれない人だから耐えられただけで、他の男に抱かれたら心までえぐられてしまう。

それに一夜明ければ桜も客を取らされるだろうし、運が悪ければ殺されるかもしれない。

いくら過去にいろいろあったとはいえ、一応同じ孤児院の出身者だ。放ってはおけない。

できることなら、あの屋敷にいるすべての男娼を逃がしたいくらいだった。桜以外は置いてきてしまって心苦しいが、今の自分の手に負える範囲で動くしかないのが現実だ。

「……なんかちょっと、意外かも」

「なにが?」

「アンタ我慢強いから、出世のためには手段選ばずって感じで、あの館でもトップを目指すと思ったんだよね。だって逃げても行き着く先なんて見えてるし、お金持ちと接する機会があるだけ、あそこのほうが夢を見られるじゃん?」

背の高いエノコログサの陰に隠れて歩きながら、トキハは桜の横顔を見た。

長い付き合いだけあって、よくわかっているなと思う。

確かに最初、そういうふうに考えた。

トップを目指すとまでは思わなかったが、自分とは別人の男娼フェザーになりきり、身請けのチャンスをつかむしかないと思った。そこから人生を立て直そうなんて、愚かな夢を見ていた気がする。

それが間違っていると明確にわかったのは、あの男に抱かれたからだ。

「──いくらなんでも、変態の相手をして殺されるのはいやだ」

「まあ、それは確かにそう。最悪、男に体を売るくらいは我慢できるけど、暴力を振るわれたり、ましてや殺されたりなんて耐えられない。猫にいたぶられるネズミみたいな人生なんて、絶対いや」

強い口調と顔つきでいった桜は、はっとしたように空を見上げる。

「雨が……」

その呟き（つぶや）と同時に、後頭部に冷たい衝撃を受けた。

一滴落ちると、あとはすぐだった。

東の果てが明るくなりつつある夜空から、雨がサァーッと降ってくる。

「うわ最低っ、こんな寒いのに濡れたら風邪ひいちゃう。僕アンタより繊細にできてるし、わりとすぐ熱出すし。そしたらもう逃げられないじゃん」

桜は雨を見て眉を寄せ、焦燥した顔でうなだれる。

もはや白くならない溜め息（たいき）をついた。

「なんかほんと、人生丸ごとハズレくじ。ついてないにもほどがない？」

「そんなふうに決めつけるな。とにかく早く雨宿りできるところに行こう」

トキハは桜のブルゾンの裾を引っつかみ、座り込もうとする桜をなんとか止める。服ごとぐいぐいと引っ張りながら、屋根のある場所を探し求めた。

「あ……っ、あれ」

目立つところは駄目だと思って周囲を見渡すと、小川に架けられた橋の向こうに屋敷が見えた。それも、牧場規模の前庭を持つ屋敷だ。

帝都郊外は富裕層に人気があるので豪邸はめずらしくないが、この屋敷の外構は見かけないタイプのものだった。

先の尖ったアイアンの柵や高い塀はなく、敷地を囲っているのは牧歌的な柵と生垣だ。

――たぶん、ここだ……あの人がいってた屋敷。

のんびりとした印象のこの屋敷が彼のものだとは思えなかったが、彼がいっていたのはここで間違いないだろう。

ここがなんなのか、自分たちがどうなるのかわからなかったが、とにかく疲れ果てていて頼るしかなかった。

桜は元々の体力的にこれ以上歩くのは厳しく、桜と違って夕食を摂(と)っていないトキハは、性交による疲れもあってくたくただった。

他人の家の敷地に入るのは抵抗があったが、遠慮している余裕はない。

最後の力を振りきるように雨の中を駆けだし、屋敷に向かった。生垣をかき分け、侵入する。

外構から遠い建物は二階建てで、数えきれないほどたくさんの窓があった。硝子(ガラス)の向こうに見えるカーテンの色が、見事に統一されている。

「ねえ、雨宿りするなら庭師小屋かガレージがいいんじゃない？」

「庭師小屋は隠れるところがなさそうだからやめよう。庭師は朝早くから仕事しそうだし。ガレージのほうがいい」

ひとまず屋敷の住人に見つからないよう、二人はガレージに忍び込む。

リムジンや高級外車が並んでいるわりには無防備で、ガレージは木製だった。

いわゆるカントリー風のデザインだ。

使用人の車らしきものも足すと、計十二台も停めてあった。隠れる場所には困らない。

その中でも使用頻度が低そうなリムジンの陰に隠れて、濡れて重くなったブルゾンを脱いだ。

コンクリートの上に座り、身を寄せ合う。

「なんでアンタと……」

「俺だって好きこのんでお前とくっついてるわけじゃない」

お互いにぶつぶつと文句をいいながらも、体温を求めずにはいられない寒さだった。

壁を背もたれにしてしばらく座っていたが、数分後には二人して寝そべってしまう。建物の中とはいえガレージは寒くて、眠くて、空腹で……疲れたなんて言葉ではいい表せないくらい疲れていた。

睡魔に負ける自分を意識の底で叩き起こそうとしたが、それはまったく無意味な抵抗だった。


暖炉がパチパチと鳴る音が聞こえ、暖かい空気に包まれる。

あまりにも心地好かったので、夢の中だと思った。

まぶたを開けて起きるという行為を、こんなに強く意識したのは初めてだ。

夢の中にいたかったけれど……早く起きてガレージから出なきゃというあせりもあって、どうにか目を開けた。

真っ先に見えたのは、きらめくクリスタルのシャンデリアだった。

窓には紺色のカーテンが取りつけられていて、半分ほど閉じている。

射し込む陽射しから察するに、今は午後のようだった。

「――っ！」

男娼館に連れ戻されたのかと思った瞬間、血の気が引いていく。

ただでさえ命の危険を感じる場所だったが、脱走して捕らえられたら、そのあとの状況はより悪いものになるかもしれない。

「目が覚めたか。具合はどうだ？」

シュアンの声がして、はっと我に返る。

脱走したことそのものが夢だったのかと疑った。

「この御時世に行き倒れなんてめずらしいな」

「――っ、ぅ」

飛び起きたトキハの目に、強い光に縁取られたシルエットが焼きつく。

まぶしくてろくに見えなかったが、背の高い男が窓際に立っているのがわかった。

「俺はシュアン・真紅、この家の持ち主だ。君はその少年と共に、うちのガレージで行き倒れ同然の状態で発見された」

シュアンの声だと思ったのは夢ではなく、現実だった。

狐(きつね)につままれた気分のトキハの前で、彼は午後の強い光から離れる。

――シュアン様、なのか？　名乗ってる通り、本当に本物の？　今度こそ間違いなく、あのシュアン・真紅様なのか？

どうしても夢だと疑わずにはいられない。

夢と現実の狭間(はざま)で瞬き(まばた)すらできないトキハは、黒く塗り潰されたシルエットを凝視する。

影は次第に薄くなり、色が見えてきた。

青みを帯びた黒髪と、鮮やかな青い瞳。上質なシャツにアスコットタイ。七年前とほとんど変わらない姿だった。いや、以前よりも優雅な印象が増した気がする。

「シュアン・真紅様」

「めずらしい名だろう？　気軽にシュアンと呼んでくれ。君はどこから来たんだ？　なにか事情があるなら無理にいわなくも構わないが、呼び名がないと不便だな」

「――え？」

シュアンの顔に、昨夜目にした白い仮面を重ねてみると、間違いなく十三番の男の顔になる。

けれども彼は別人のように振る舞った。

トキハをお前と呼ばずに君と呼び、話し方も、官人の篤志家として孤児院に来たときと変わらない。

——俺が娼館にいたフェザーだってこと、この人は絶対にわかってるはずだよな……。それなのに知らん顔するのは、あそこにいたことを、隠しておきたいからか？

ここでの態度を、言動を、決して間違えてはいけないと思った。

彼の誘導に正確に従って、迷惑をかけないよう上手く合わせなくてはいけない。

「どうやら君の連れが目覚めたようだ」

「……っ、あ……」

シュアンの言葉を受けて視線を追うと、すぐ隣に桜が寝ていた。

ベッドマットに肘を立てて身を起こしつつ、目をこすっている。

桜の姿を見るまで気づかなかったが、自分も桜も、水色の寝間着を着ていた。光沢がある上質な品で、サイズはやや大きい。

「おい、大丈夫か？」

「——トキハ……え？　ここ、どこ？」

「ここは帝都郊外にある俺の家だ。俺の名はシュアン・真紅。真紅は紅の真紅だ」

「シュアン・真紅……様？」

桜がシュアンの名に反応したことで、トキハはあせる。

もしも桜が、「うちの孤児院に本を寄贈してくれた方ですね？」などといってしまったら、正体がわかってしまう。

シュアンが男娼館の客であることを隠したがっているなら、こちらもそれに乗って、昨夜のことにはふれずに初対面の振りをするべきだ。

なにより、自分の出自を知られたくない。昨夜の男娼が昔会ったオッドアイの少年の成れの果てだなんて、絶対に気づかれたくない。

「助けていただいてありがとうございます！　俺たちはスラム育ちの幼馴染み(おさななじ)で……っ、お互い横暴な親に我慢ならなくて逃げてきたところなんです。しばらくの間ここに置いてもらえませんか⁉　俺、下働きでもなんでもします。体力には自信があります！」

桜と相談できない状況で、トキハは先回りして嘘をつく。

桜は戸惑うかもしれないが、要領がいいタイプなのでだいたい察するだろうと思った。

「それは大変だったな。俺も君たちと同じで、スラム育ちだ」

「……ぇ、あなたが、スラム育ち？」

「孤児なら孤児院に入って寝食に困ることもなく学べるが、親がいるというだけでスラム育ちは苦労する」

シュアンは腕を組みながらいうと、どこか皮肉っぽい苦笑を見せた。

孤児院への寄付を続けながらも、内心では孤児院の子供は恵まれているという思いが、彼にはあったのだろうか。

確かに、スラムの子供は保護者がいるというだけで政府が救済する対象にはならず、戸籍がないために、義務教育を受けられない子供もいると聞いたことがある。

「二人とも体が冷えて熱があったので、医師を呼んで点滴を受けさせた。栗色の髪の君はだいぶ熱が高かったようだ。しばらくここで安静にしていなさい」

「は、はい……ありがとうございます。僕は桜といいます」

「桜くんか、いい名前だな」

ベッドから出て挨拶をしようとする桜を、シュアンは「そのままで」といって制する。

トキハに向かって、「君の名前は？　トキハくん？」と訊いてきた。

名前を呼ばれ、ぎくりとする。

ハルニレ学園に何度も寄付をしているシュアンが、自分の名前を憶(おぼ)えていたらどうしようかと気が気でなかった。

左目にはコンタクトレンズの感触が今もあり、両目とも黒く見えているだろう。紫眼のオッドアイでなければ自分はその他大勢に紛れる存在で……だからきっと彼は気づかないだろう

——そう思うけれど、監査役まで送り込んでくれた人だ。不衛生で痩せこけていたころの自分を気にかけてくれた人だ。もしかしたら今でも名前を憶えているかもしれない。

「トキハという名もいい名だな。鴇(とき)の羽と書いたら赤い色だ」

「はい……そうですね。真紅さんも、赤ですね」

「そうだな」

気づかれているかもしれない——そう思った。

もしそうだとしても、ついてしまった嘘はつき通すしかない。

初対面でありたいというのはシュアンの希望でもあるので、これでいいと思った。

トキハは桜をベッドに残し、ふらつきながらも絨毯に下りる。

「大丈夫か？」と訊いてくれるシュアンの前に立った。

「大丈夫です」と答えて顔を真正面から見ると、やはり昨夜の男の容貌と一致する。

目の色や髪の色が違ってもわかる、この世に二つとない美貌だ。

半日ほど前まで、自分はこの人と一緒にいた。

人前で自分を抱いたのも、ベッドの上で獣の体位で盛り合ったのも、他の誰でもない。

長年ずっと敬愛していたシュアン・真紅だったのだ。

よかった、よかった——一瞬のうちに幾度も思う。

「君は、なんでもするといったな」

「……あ、はい」

シュアンは寝間着姿のトキハの肩にふれ、唇の端を上げる。

トキハが抱いていたシュアンのイメージよりも、十三番の男に近い笑みだった。

「スラムから這い上がるのは簡単なことじゃない。他人の助けを借りるなら、それ相応の礼を尽くすべきだろう？　自ら申してる君には見込みがある」

トキハの肩に置いていた手を首筋へと滑らせたシュアンは、その手をさらに移動させる。最後は、熱っぽい左頰にふれてきた。

「――ぅ」

「顔が腫れてるな……どうしたんだ？」

「な、なんでもありません」

「頰を冷やすものを用意させよう。せっかくの綺麗な顔が台無しだ」

「……どうも、ありがとうございます。綺麗なんてことは、全然ないですけど」

「いや、君は綺麗だよ。好みのタイプだ」

「――っ」

桜がいる前で……しかも十三番の男と同じことを平然というとは思わず、トキハはどう返してよいかわからなくなる。

「とりあえず二週間――君と桜くんに十分な衣食住と、必要があれば医療費を提供しよう。ただし無償ではなく、労働と引き換えにした取引だ。下働きの真似事はしなくていいが、二週間後、君が一晩俺に付き合ってくれ」

「……一晩、付き合う？」

「そうだ。それにこりたら翌朝二人でここを出ていっても構わない。こりずにまた二週間、俺の世話になりたい場合は、その二週間後に再び対価を払ってもらう。それ以外の時間は、読書や勉強に充てるといい」

シュアンがなにをいっているのか、トキハにはよくわからなかった。

なにかとんでもないことをいわれている気はするものの、きっとすべては勘違いだと思った。自分のとらえ方が間違っていて、普通ならわかるような当たり前のことを、自分だけが理解していないのだと思った。

「……っ、あの、ちょっと待ってください」

背後のベッドから、桜の声が聞こえる。

無言のまま本当の意味を探っていたトキハは、振り返るなり桜の顔を凝視した。黙っていれば天使や西洋人形のように見える桜が、眉をきつく寄せ、拳をわなわなと震わせている。

「それって、トキハを抱くってことですか？　二人分の生活費を……売春して稼げってことで間違いないですか？」

「そういわれると身も蓋もないが、おおむねその通りだ。なにもせずに救われるほど世の中は甘くないし、うちには十分な数のメイドがいる」

「駄目です！　そんなこと……っ、トキハにはさせられません。トキハはそういう子じゃないんです！」

まるで親友かなにかのようにトキハをかばい、今にも「僕が代わりにお相手します」といいだしそうな桜を前に、トキハはかつてない焦燥を覚える。

シュアンが好んで男を買う男だと思いたくなかったが、売春に等しい行為を求めているのは間違いなく——それは確かに幻滅ではあるものの、桜が代わりになることを想像するといやでたまらない。

べつに桜に同情するわけではない。相手がシュアンでなかったらどう思うのか今はわからないが、相手がシュアンである以上、桜が相手をするのはいやだ。では自分が相手になり、それでいいのかと自身に問えば迷いはあって、混乱が続いている。

歯がカタカタと音を立てそうになり、床が波打つような錯覚に襲われた。

「——わかりました。その条件でお願いします」

「トキハ！」

桜が今にも「僕が代わりになります」といいだす気がして、先にいわずにいられなかった。

学園を出てから先、ショックな出来事が次から次へと起こって感情がめちゃくちゃだったが、どうにか頭を働かせ、なけなしの理性で出した結論だ。

日中でも暖炉を使っているくらいだから、外は寒いだろう。二人とも体調が万全ではなく、追手がうろつく外に出れば、最悪な状況に陥ってしまう。

オークションにかけられて嗜虐的な客に抱かれるくらいなら——シュアンにだけ……それも二週間に一度のみ抱かれるほうがいい。

そんなことは改めて考えなくてもわかる。

そして、彼の相手をするのは自分でなければならない。桜が相手になるのはたまらなくいやだし、そもそもシュアンはトキハに向かって「君が一晩俺に付き合ってくれ」といったのだ。「好みのタイプだ」ともいっていた。求められたのは間違いなく自分だ。

「取引成立だ。動く元気があるなら家の中を案内するが、もう少し休むか？」

二人きりになったら、十三番の男として昨夜の話をするつもりかもしれない——そう思ったトキハは、「案内してください」と即答する。

全部嘘だと……事情があってのことだと、納得のいく話を聞かせてほしかった。

男娼を買ったり、性行為を対価に求めたりするような、下品な人だと思いたくない。

取引を持ちかけたのも、本心からではないといってほしい。

どうかもう一度、この人を尊敬することができますように——。

「ここが書庫だ。本はどれでも好きに読んで構わないが、読み終わったら元の場所に戻すように。高い棚の本を取るときは、そこにあるライブラリーステップを使うといい」

シュアンは客間を出てから真っ先に、トキハを書庫に案内した。

善意の篤志家のシュアン・真紅と、孤児のトキハとして一緒にいるような感覚になる。

「次は食堂に案内しよう。桜くんは熱があるから客間で食べたほうがいいだろうが、君は食堂で食べられるだろう？」

「そうしたほうがいいですか？」

「食事は大勢のほうが旨いからな」

「そんなこと、考えたこともないです」

一人で食べたことがないから、よくわかりません——内心そう返したトキハは、この茶番に付き合うのが正しいのかどうかわからなくなっていた。

「君に一つ忠告しておきたいことがある」

天井までびっしりと本が詰まった書庫で、シュアンはおもむろに距離を詰めてくる。

互いの間にある空気が動くのを感じた。

「なんでもするなんて、迂闊に口にするのはやめろ。そういう発言は危険だ」

「……危険？」

「あまりに純真無垢な瞳でいわれると、無理難題を吹っかけて苛めたくなる」

シュアンはまたしても顔にふれてきて、腫れてぴりぴりと痛む左頬をなでた。

この茶番をいつまでも続けるつもりはないようだった。

頬を見て、悔やむような、あるいは憐れむような顔をしている。

「無理難題って、どんなことですか？」

「すでにもう吹っかけただろう？　二人分の生活費として、二週間に一度俺に抱かれろといったはずだ」

「それは無理難題というより、かなり甘い条件だって、今は思います」

「もっとひどい経験をしたから？」

「……はい、ひどい経験を、しました。あなたには、人の顔を殴ったりサスペンダーを鞭の代わりにしたり、性行為を他人に見せる趣味がありますか？」

「さあ、どうだろうな。あるともいえるし、ないともいえる。二週間後、君にそういうことをするつもりで期待に胸をふくらませているとしたら、どうする？」

「――幻滅します」

否定せずに訊き返されたことが、ひどく悲しかった。

あれは事情があってのことだ。乱暴して悪かった――と、そういってほしかったのかもしれない。男娼館にいたのも、特別な事情があってのことだと、そういってほしかった。七年間ずっと憧れていた人を、自分の心の中に取り戻したかった。

「心配しなくていい。気に入ったものは大切にする主義だ」

「……だとしても……若くて好みの男を金で買って、性的なこととか、してるんですか？」

「そうだな、プロは後腐れがなくていい」

「……っ、軽蔑します、そういうの」

「性欲任せに素人に手を出して、真剣に付き合う気もないのにその気にさせて別れるほうが罪深いだろう？　あくまでも一夜限りの疑似恋愛かつ性欲処理だと割りきっていたほうが、より純粋にたのしめるというものだ」

シュアンの言葉を最後まで聞くと、胸から憧憬(しょうけい)の念が抜けていく。

心に針を刺されたようだった。破裂したタイヤのようにしぼんで、ふくらみようがない。

ずっと会いたかった憧れの人が、天井まで届くほどたくさんの本を背負って立っていて、自分を見ているという夢のような状況なのに、失望しかなかった。

「もう少し、真面目な人だと思ってました」

嘘だと思いたくて、何度か顔を横に振る。

孤児院での過去がなかった場合、こんなに失望するのはおかしな話だとわかっていたし、そもそも自分の理想のイメージを作り上げ、真実を知って失望するのは勝手な話だ。

そういうことを頭では理解しているのに、急速にしぼむ気持ちを止められない。

「どんな期待を抱いたのか知らないが、俺は聖人君子でもなんでもない普通の人間だ。三十代半ばの男盛りで、異性より同性を好んでいる。仕事が忙しくて恋愛にうつつを抜かす暇はないが、ベッドの相手は必要になる。プロを買ってたのしみ、きちんと対価を払って満足して帰ってもらっているが、なにか問題があるか？」

問題なんて、見えるところにはない。

ゲイやバイだったとしても、それは他人がどうこういうことではないし……スラムから這い上がって官人の地位を得た裕福な男が、男娼を買ってお互いに満足していることの、どこに問題があるだろうか。

「売春も買春も犯罪です。公序良俗に反する行いです。十分問題があると思います」

トキハは、自分の考えと逆のことを口にした。

世の中が需要と供給で成り立つことも、様々な理由から男娼や娼婦として生きていく人間がいることも知っているし、杓子定規に犯罪だなんだといって批判したことは一度もない。けれどもやはり、この人には理想を求めてしまう。男を買って抱くような人間だと思いたくなくて、必要以上に否定的になってしまう。

「確かに犯罪であり、公序良俗に反する行いだったな。問題がないと思い込んでいた俺の感覚は、だいぶ麻痺していたようだ」

シュアンはそういいながらも、愉快げに笑っていた。

自分にとってはひたすら悲しく、残念で、なにがおかしいのかわからない。

「なんで笑ってるんですか?」

「ああ……失礼。しっかり自分の意見をいえるくらい元気があってよかったと思っただけだ。ガレージで見つけたときは熱が高くて心配だったからな、歯向かうくらいが安心だ」

「御心配、ありがとうございます」

「それにしても無事ここに辿り着いてよかった。途中で拾おうとして随分捜したんだ」

「……っ、捜して、くれたんですか?」

「当たり前だ」

シュアンは、十三番の男と同一人物だということを、完全に認める発言をした。

体から心を毟り取られて床に叩きつけられ、土足で踏み躙られた気分だったのに……急に胸が躍るようなことをいわれて戸惑う。

感情がゆらゆらとして落ち着かず、どんな顔をしたらいいのかわからなかった。たった今、シュアンのことを犯罪者扱いしたばかりなのに、うれしそうな顔なんて見せられない。

「要塞紛いの塀を作らなくて正解だったな」

「このお屋敷は、どうして……木の柵と生垣なんですか?」

「スラム育ちだといっただろう? あそこはとにかく治安が悪くて、ありとあらゆるものがフェンスや有刺鉄線で囲んである。そういう閉鎖的な環境で育った俺にとって、この家は豊かさの象徴だ。とはいえ防犯カメラや人感センサーをそこら中に仕込んであるけどな」

シュアンはそういいながら、距離を縮めてくる。

たった一歩だが、元々近くにいたので急に狭まった気がした。

「買春は犯罪だという、君のいい分はもっともだ。二週間後、俺に抱かれるのがいやだと思ったら拒否してくれ」

「……拒否?」

「最初の二週間に関しては、性的行為による支払いを拒んでも構わない。拒まれたからといって他の方法で対価を得る気もない」

「――そのあとは、どうなるんですか？」

「もちろん出ていってもらう。恋人でもなく、ベッドを共にすることもない関係なら、そうするのが当然だろう？」

シュアンの言葉に、トキハの心は再び揺れる。

最初の二週間分、それも二人分の衣食住の世話をしてくれて……気が乗らなければなにもしなくていいといっているのだから、こちらにとっては都合がよく、とても甘い話だ。

それなのに、もし抱かれないなら二週後間に出ていけといわれると、無下に突き放された気分になる。無償で保護してもらえないことくらい、常識として理解しているのに――。

「二週間後にあなたの相手をしたら、そこからさらに次の二週間、ここにいていいみたいな話でしたよね？」

「ああ、そういう話をしたな。二週間更新の後払い契約を交わしたわけだ。差し詰め最初の二週間は無償お試し期間といったところか。サービスを受けても十分に納得できなければ、無条件でキャンセルできる」

「キャンセルしたくなるのは、あなたのほうかもしれないです。俺に、落胆するかも……」

「それはないと思うぞ」

すでに味見済みだから、とでもいいたげな顔で笑ったシュアンは、おもむろに手を伸ばしてきた。

顎にふれられ、くいっと上向かされる。

「好みのタイプだといっただろう？　それに、運命的なものを感じる」

唇が近づいてきても、身を引くことはできなかった。

宇宙を彷彿とさせる鮮やかな青い双眸に吸い寄せられ、動けなくなる。

──運命……。

最上の口説き文句に潜む魔力に、胸が締めつけられた。

抵抗できずにキスを受ける。

確かに一度は幻滅したはずなのに、完全に憎めない気持ちが根強く残っていた。

憎むどころか嫌うことすらできず、むしろ自分は今でもまだ、この人に惹かれ続けている。

プロの男娼を買っていようと、合意のうえでサディスティックなセックスをしていようと、他の誰でもない彼がやることなら、全部許容できる気がしてしまう。

「……う……ん、ぅ」

断りもなく勝手にキスをするのは、契約外だとか反則だとか、いいたい気持ちもあった。

でも……もしそういったら、この人はたぶん、「それもそうだな」といって苦笑し、つまみ食いのキスをしなくなるだろう。

「は……っ、ふ……ぅ」

舌を入れられると、心臓がドクドク鳴った。

熱い血液が体中に送られている証拠なのか、脚の間に熱が籠もる。

――媚薬が残ってるせいか？　それとも、濡れて発熱した影響なのか？

なにか理由が欲しくて考えてみたが、本当は自分が一番よくわかっていた。

男を金で買っていることに失望しながらも……好みのタイプだといわれるとうれしくて、ふれ合っている瞬間は苦しいくらい胸が高鳴る。

「……ん、ぅ……っ」

シュアンのシャツの袖を握りながら、唇の感触を味わい、絡められる舌に応えた。

まだ終わらないでほしいと、そう願う。

「は……ふ、っ」

本棚に寄りかかった恰好でキスをしながら、寝間着のボタンを外された。

肩をむかれて脱がされると、サスペンダーで打たれたところが痛くなる。

嗜虐的な趣味があるかどうか、シュアンはそれについて明確に否定してはいない。

自分はもう、暴力的なことをされずに済むのだろうか。それとも求められるのだろうか。

してもいいかといわれたら断れなくて、「お手柔らかに」と答えてしまうかもしれない。

自分は二週間に一度だけ、男娼と同じように抱かれて、疑似恋愛でこの人をたのしませたり癒やしたりするのだろうか――そうしたいのだろうか。

「ふ、ぅ……あ……っ」

呼吸を忘れるほど長いキスをしたあとで、急に体を返される。

いきなり空気を吸い込みすぎたトキハは、少し咳き込みながら本棚に身を預けた。

上半身裸の状態でどうにか振り向くと、シュアンがスラックスのポケットからなにかを取りだすところだった。

「……それ、なんですか?」

「鎮痛作用のある軟膏だ」

彼は答えながら、ピルケースを開ける。

背中についた赤いバツ印に、生温かいものがふれた。

それだけでも痛くて背筋がびくっと震えたが、指で丁寧に薬を塗り広げられると、痛みよりも心地好さを感じる。

「俺とキスをしたのは、今が初めて?」

「——え……?」

不思議なことを訊かれて、辿るまでもなく思いだせる記憶に突き当たる。

男娼館で血の味のキスをしたことを、もう忘れてしまったのだろうか。

それともあれは、彼の認識ではキスのうちに入らないのだろうか。

「昨夜も……しました」

「ああ、そういえばそうだったな、それ以上のことをしたせいかよく憶えていないが」

「――どうして、あなたが……」

どうしてあんなところにいたのか訊きたかったけれど、あんなに衝撃的なキスを忘れられたショックもあって、上手く訊けなかった。でも本当は訊いてみたい。

男娼を買うにしても、あなたはあの男娼館に好んでいくような種の男ではなさそうなのに、どうして常連客になっているんですか？　と、もしも訊いたら答えてくれるだろうか。

たぶん、誤魔化されるだろう。なにか事情があったとしても彼はきっといわない。

今の自分はそこまで、彼に信用されていないから――。

「う、痛ぅ……っ」

「悪かったな、痛かっただろう」

謝られて、涙腺がゆるみかける。

逃がすための芝居だったと考えれば、いちいち傷つくことではないはずで……それどころか感謝すべきことだと思っているのに、それでも自分は、この言葉が欲しかった。

「――どうして、あなたのような人が、あんなところに？　わざわざ変装してまで行くのは、あそこじゃなきゃいけない事情があるからですか？」

「変装しているのは俺だけじゃない。大抵の客はウィッグや付け髭で素性を隠し、帰りはわざわざ遠回りをして、途中で別の車に乗り換えたりしている。俺も同じだ」

結局訊いたトキハに、シュアンは答えになっていないことをいった。予想通りだ。

なにか事情がありそうだが、男娼館の常連客であるという事実は変わっていない。

自分が憧れたシュアン・真紅という篤志家は、親を持たない多くの子供たちにチャンスを与え、その成功を心から望むような、優しくて立派な人間だ。

そのイメージを裏切るようなことをする彼を、少しだけ憎らしく思った。

それは身勝手だとわかっているけれど──。

「ここにも塗っておくぞ」

「……っ、あ！」

寝間着の上から尻をなでられ、つい妙な声を出してしまう。

本棚につかまっていると、ウエスト部分を下着と一緒にずり下ろされた。

それなりに明るい書庫で尻を丸だしにされ、谷間にふれられる。

後孔に違和感があり、すぼまるべき部分が腫れ上がっているのがわかった。

鎮静作用のある軟膏を指で塗られながら、「痛むか？」とささやかれる。

「──ぁ、いえ……」

痛みよりも、違和感と快感が強かった。

神経がどうにかなりそうなほど気持ちいい場所を知ってしまった体は、勝手によがって膝を震わせる。後孔に至ってはトキハの意思に反して、ねだるように収縮した。

「ふ、ぁ……っ」

挿入を期待してしまう体に、シュアンの指が入ってくる。

軟膏をまとった指が、狭い肉の中を抜けていった。

昨夜刺激を受けた内壁は過敏になっていて、その動きを精緻に感じ取る。

「……い、ぃ……そこ……っ」

どうしようもなく恥ずかしい言葉が、口から漏れる。

売買春は犯罪だとか、公序良俗に反するとシュアンに向かっていった舌の根も乾かないうちに、それに準ずる行為を求めていた。

――俺はどうしてこんなに、矛盾だらけな人間になったんだろう……。

憧れていた人が、誰に対しても優しく、礼節をわきまえた誠実な人物であることを心から願いながらも、自分にだけは違っていいと思ってしまう。金で買った男娼に同じことをしていたとしたら、すごくいやだ。桜を相手にするのもいやだ。でも、自分にならいい。手を、出されたい気がしている。

「君のいいところは、奥のほうにあるんだな」

「ん、う、ぁ……！」

シュアンの指が、中でゆっくりと回転する。

「や、あ、ぁ……！」

「前立腺がこれだけ奥にあると、さほど浅く突かなくても済む。君のここに深く入って、お互いに感じながらできる」

後ろから耳元にささやかれ、鳥肌が立つような快感に襲われた。媚薬のせいにしようにも、薬の効果が切れているのが自分でわかる。

熱もなく、正気だ。この上なく正気で、彼の愛撫を求めている。

「いい体だ。他の男に取られなくてよかった」

「んぅ、あ……っ！」

ずり下ろされていたズボンと下着が、腿のあたりでピンと張った。

体内の指が増えると、膝の震えが止まらなくなる。

今改めて、オークションで自分を競り落とした男がシュアンだったことを実感した。

他の誰でもなく、彼に抱かれたのだ。

今、指でいじられている場所に、この人の性器を迎え入れた。

「困ったな、挿れたくなってきた」

「――っ、ぁ……！」

指で中を突かれながら、股間の昂りを腿に押し当てられる。

硬くて大きなふくらみが、一つの生命体のように脈打っているのがわかった。

スラックスと下着と……隔てる布地が何枚あるのかわからないが、なにもないかのように熱が沁みてくる。それがふれている腿が、他の部分とは桁違いに火照った。

「このまま達きたいか？」

艶のある響きを持った声で問われ、答えに迷う。

心の中では、「このままはいやだ、一人でなんか達きたくない」と答えていたが、そんなことを口にできる道理がない。

「……好きに、してください……」

かろうじて絞りだした人任せの言葉に対して、彼は背後で苦く笑う。

あえて聞かせるための大きな溜め息をついていた。

「好きにしてくれとか、なんでもするとか、男が悦ぶようなことばかりいうんじゃない」

「……っ、うあ……！」

後孔から指を抜かれ、腰が砕けたようにガクッと落ちる。

床に膝をつく寸前に体勢を持ち直すと、右手首をつかまれた。

魚のように釣り上げられ、膝に絡んでいたズボンや下着を下ろされる。

「――つ、ぅ……っ」

「あまり男に隙を見せるなよ。調子に乗ってひどいことをする輩もいる。その歳ではまだわからないかもしれないが、男は大抵飢えた獣だと思ったほうがいい。やれる機会があればやる」

「獣……」

「トキハ……君は希少で価値のある存在だ。野蛮な獣に食われないよう気をつけろ」

名前を呼ばれると、うれしくて切ない気持ちになる。

孤児院で会ったオッドアイの子供です――できることならそう告白して彼の前にいたい。

そうすれば、この再会をより運命的なものにできる。

でも、昨夜の醜態を思い返すといえなかった。

「あなたには、野蛮な願望は、ないんですか？」

「野蛮かどうか判断するのは俺じゃないが、願望なら山ほどある」

「どんな、願望ですか？」

「君を様々な体位で抱いて、よがらせたい。俺のをさわらせて、しゃぶらせたい。もちろん、さわりたいともしゃぶりたいとも思う」

「――っ、ぁ……」

言葉でいわれただけなのに、なにかされたように性器が反応する。

全裸の体は強烈に昂り、反り返ったものが腹につきそうになった。

「さ、さわる……だけなら……」

「子供同士のたわむれみたいだな」

「あ……っ」

びくんっと指が弾けるくらい、大きなものが指先にふれる。

――すごい……硬い……。

トキハはシュアンのスラックスのファスナーを下ろし、張り詰めたものを取りだした。

同時に、彼の手が脚の間に伸びてくる。

お互いの奮い立った性器をなで合いながら、視線をつなげた。

一度つながると外せなくなり、磁石のように引き寄せられる。

「ん、ふ……ぁ……」

「——ッ、ン」

顔を斜めに向けて、唇を噛み合わせた。

手ではお互いの性器を根元から握り、同じ動作で扱き合う。

「ん、く……ふ……ぅ」

シュアンとキスをするのも、彼の性器にふれるのも、少しもいやではなかった。

舌を絡め合いながら、怖い予感を覚える。

純粋に尊敬し、憧れていた人を、これまでと同じような目では見られなくなる。

それは少し怖くて、でもそれ以上に、新しい関係にときめいていた。

——男娼を買うような人だ。あの男娼館に通ってた理由もよくわからないし、暴力を振るうことに慣れていた気がする。

男同士だから駄目だとか、そういった偏見は特に持っていないつもりだ。売春にしても暴力行為にしても、お互いが納得済みのものであるなら、第三者が軽蔑するほどのものではないのかもしれない。

　あの異常な世界を理解するのは難しいが、今、目の前にいる人のことは好きだと思う。陰でなにをしていても、好きになってしまいそうな予感がする。


　シュアンに匿ってもらう生活は、思いのほか忙しいものだった。

　彼はトキハと桜に衣食住と医療費の提供を約束してくれたが、それだけに留まらず、教育費まで出してくれた。

　一日の始まりは朝食から。厨房で料理人が作っているのを見学して、そのあとすぐに同じものを同じ手順で作る。料理人が用意するのはシュアンや使用人の分だけで、トキハと桜は自分が食べる分を自ら用意する決まりになっていた。

　朝食後は、外国人教師による世界共通語のレッスンを受け、それが終わると、敷地内にある馬場に移動して乗馬の指導を受ける。

　昼食後はしばらく自由時間があるが、そのあとは、テニス、社交ダンス、水泳、そしてゴルフという、四種のレッスンを日替わりで受けていた。

　夕食の時間は洋食のフルコースや懐石料理など、とにかく豪華だったが、厳しいマナー講師が現れて、音を立てずに綺麗に食べるようしつけられた。

なぜここまでやるのか理解できなかったが、理由はどうあれいつか役に立つ気がしたので、トキハはなに一つ手を抜かずに励んだ。シュアンの耳に、「あの子は筋が悪い」「やる気がない」などと報告されるのは絶対にいやだった。

そんな調子で忙しかったので、あっという間に十二日が経過した。

当のシュアンは留守がちで、顔を合わせるのは二日か三日に一度くらいだ。

彼は、ここから車で約一時間かかる帝都で働いているらしい。どうやら昼夜を問わない不規則な仕事のようだった。どういう仕事をしているのか訊いてみたが、官人だということ以外は教えてもらえず、さらにしつこく訊いてみたら、唇をふさがれてはぐらかされた。

「トキハくんは細身のわりに体ができてるわね。脊柱起立筋が発達していて基本姿勢がいいし、ダンスはもちろんどんなスポーツをやっても上手くこなしそうだわ」

「それにセンスがいい。もの覚えもいいしね」

社交ダンスの基本足型を習っている最中、男女ペアのコーチに褒められた。

昨日もテニスのコーチに似たようなことをいわれ、一昨日はゴルフのコーチに褒められ……もちろん一人だったらうれしいが、隣にはいつも桜がいる。

桜は元々スポーツが苦手で、どうしたって褒められる展開にはならなかった。

「桜くんも頑張ってね。社交ダンスはルックスも大事だし、あなたとてもスタイルがよくて可愛いから期待してるわ」

「はい、ありがとうございます」

桜はトキハの横で、うんざりした顔で汗を拭う。

赤ん坊のころからの付き合いなので、なにを考えているのか手に取るようにわかった。

「ダンスのレッスン、いやなのか？」

コーチたちが帰ったあと、トキハは桜とレッスン室に残り、床に座って訊いてみた。

桜は鏡張りの部屋の真ん中で足を投げだし、「べつに」とつぶやく。

がらんとした空間に声が響いた。溜め息すら大きく聞こえる。

ここで暮らし始めてから桜は毎日この調子で、外面はいいものの、人がいなくなると露骨に機嫌の悪さを顔に出した。

「体調が悪いわけじゃないんだよな？」

「平気。急にいろいろ詰め込んでるけど、意味あるのかなって、むなしいだけ」

「将来きっと役に立つし、覚えて損はない」

「はいはい。お利口さんなアンタなら役立てられるのかもね」

「そんなにいやならシュアン様にいやだっていえばいいだろ。やる気がない者に学ぶ資格はないから、いつでもやめていいっていってたし」

「やる気もなにも……巻き込まれてるのが気に食わないだけ。功人や金持ちが好むような稽古事ばかりさせるのは、シュアン様がアンタを愛人にしたいからでしょう？　つまり愛人教育」

「――え？」

「保護した子供に教育費までかける理由、考えないほど馬鹿じゃないよね？　あの人の魂胆を見抜いたうえで、期待に応えたくて頑張ってるんでしょう。違う？」

責め口調で問いかけられ、トキハは答えに迷う。

考えなかったといえば嘘になるし、見抜いていたというのも嘘になる。

考えそうになったけれど、必死に考えないようにしていた――というのが正解だ。

愛人教育とズバリといわれると、関係をあばかれたようでいたたまれない。

オークションのさいの人前での行為も含めて、思い返すと鳥肌が立つような羞恥の記憶を呼び覚まされた。

「将来的に、アンタを連れて海外に行ったり、ビーチで遊んだり、避暑地でテニスや乗馬をたのしんだり……あとは、富裕層の交流の場で踊らせたりゴルフをさせたり？　シュアン様はそういうことがしたいんだろうね。連日やってることは全部アンタのための愛人教育で、僕は巻き込まれただけ。ただのオマケ」

「……愛人になるなんて話はしてない。あの人は慈善の精神を持つ人だから、スラム育ちだと思ってる俺たちに、いつか役に立つ教育をしてくれてるだけだと思う」

愛人教育だと半ばわかっていながら、否定せずにはいられなかった。

それを認めるのは秘密の関係まで認めるようでやはり恥ずかしく、自分だけ清く正しく彼を信じているとばかりに、ずるい嘘をつく。

「本当にそう思ってるの？　面倒を見てやるから抱かれろ、なんて条件出した人なのに？」

「ああ、思ってる。シュアン様は孤児院に何度も寄付してくれた篤志家なわけだし。最初はいろいろと、疑ったりしたけど……今はあの人のことを信じようと思ってる。生活費を俺に体で払えとかいったのだって、たぶん本気じゃなかったと思う。俺は、あの人を信じてる」

　トキハは桜に向かってシュアンのことを語り、趣旨としては「シュアン様は俺を愛人にするために教育しているわけじゃない」といいたかった。

　それなのに話しているうちに趣旨がずれ、自分の中で曖昧だったシュアンへの気持ちや、信頼が固まっていく。

　下心があるんじゃないかとか、愛人教育と呼べるものじゃないかとか……確かに疑いは残るけれど、本当に信じたい気持ちを持っている。

　嗜虐性（しぎゃくせい）の高い客が集まる男娼館（だんしょうかん）の常連客で、暴力に慣れている感じがあって、男娼を買うこともある人なのに――そういうマイナスな要素を押し退（の）けて、彼を信じたかった。

　教育に関しても、スラム育ちだった彼自身が成功後に必要としたものを、与えてくれているだけかもしれない。

「すごい、いい人だったもんね。あの髪と目の色は特徴あるし……七年前に会ったときのこと、よく憶（おぼ）えてるよ」

桜はヨガマットの上で膝を抱え、フーッと大きな息をつく。

おきあがりこぼしのように体を揺らし、「アンタはいいよねぇ」と笑った。

「いいって、なにが?」

「なにがって、訊き返すあたりがムカつく。ほんと死ねばいいのに」

「死ねばとか、そういうこというなよ」

「いいたくもなるっての。憧れの人と運命的な再会を果たして、見初められて愛人契約を持ちかけられて大事にされて……いいことだらけじゃん。ふざけんな、マジ死ね」

「——っ」

それは違う。お前が思ってるほどいいことばかりじゃない。最初に抱かれたときの状況はひどかったし、背中の腫れは一週間近く引きずったし、憧れの人のイメージを崩されたし、それでも好きになってしまって胸が苦しくて——そんな否定の言葉を頭に浮かべながらも、いえるわけがなかった。

いやな記憶はすぎ去れば薄くなり、新しく濃い記憶は甘いものばかりだ。

始まりは屈辱的だったが、シュアン以外の男に抱かれたことはないし、彼は帰宅するとトキハの部屋にやって来て、同じベッドで眠る。

キスをしたりふれ合ったりするだけだったが、心の距離は着々と縮まっていた。

「男娼になるのはいやだったけど……でもあのくらい豪華な娼館だったら身請けされていい生

活できるかもとか思って、覚悟を決めたところにアンタが来たんだよね。ＳＭ趣味の男に当たって、顔に傷つけられたら困るし。運よくここに辿り着いて助けてもらえたまではよかったけど、シュアン様はアンタしか眼中にない。子供のときも今も、ずっとそう」

この十二日間、トキハが話しかけても適当な生返事しかしなかった桜は、内に秘めていた気持ちを一気に露わにする。

トキハは急なことに言葉を失い、床板に釘づけされたように固まった。

「シュアン様に抱かれたんでしょう?」

桜は小首を傾げながら、なんでもないことのように訊いてくる。

相変わらず体をぐらぐらと揺らしていて、その不安定さが不気味だった。

「――一度だけ」

シュアンが男娼館の客であることは、桜にいいたくなかった。あそこで屈辱的なオークションにかけられたことも話したくない。

「そう……初めてが好きな相手でよかったじゃん。僕とは大違い」

桜はぴたりと動きを止めると、抱えていた膝を解放した。足を大きく開いて、柔軟体操さながらに上体を前屈させる。

「それ、どういう意味だ?」

トキハが身を乗りだして訊いても桜は答えず、髪を揺らめかせるばかりだった。いつになく落ち着きがないのは、桜の気持ちが揺らいでいて、迷いがあるせいに思えてならない。

「子供のころから特別扱いされてたじゃん、僕。あれさ、学園長の相手してたからなんだよね。アレの意味を知らないころからずっと、あんなオッサンの相手をさせられてた」

「――学園長の……相手？」

「なんで僕なのって訊いたら、ものすごく可愛いからだっていわれて……だったら将来は愛人稼業で成り上がろうって思った。そのころは大学に行けるなんて思ってなかったし」

「桜……ちょっと、待ってくれ……」

「初めて挿入されてお尻が痛くてしかたなくて泣いたとき、『どうしてトキハじゃ駄目なの？』って訊いてみたことがあるんだよね。アンタがほんとは美少年だってこと僕は気づいてたし、同い年だし。けどさ、あのオッサンなんていったと思う？」

血の気が引いて目の前がぐらつくトキハの前で、桜はケラケラと声を上げて笑いだす。

「トキハは紫眼のオッドアイだから、怖くて手を出せないって、そういってたんだよね。オッドアイが不吉なんて大嘘。アンタは特殊な目のおかげで学園長の魔の手から逃れて、ハンサムな官人の篤志家に気に入られた。しかも大人になって運命的な再会を果たして、カラコンを着けてても外してても関係なく愛してくれそうな旦那様をつかまえた。なんで？　なんでアンタばっかりいい思いしてんの？」

トキハは黒いコンタクトレンズで隠したままの左目に手を伸ばし、まぶたを押さえる。

なにかいおうにも言葉が出てこなかった。

桜のことを、イジメグループのリーダーだとか、性格の悪い奴としか思っていなかった自分が情けなくなる。

桜がひどい目に遭っていたからといって陰湿なイジメが正当化されるわけではないが、少なくとも理由はあったのだ。

学園長に性的に抱かれることを想像すると、たちまち吐き気がした。

なにも気づかず桜を加害者だと決めつけ、憎く思っていた自分が腹立たしくて、頭の血管がドクドクと鳴りだす。

「運命的な恋人同士のあれこれを見せつけられるのもしんどいし、戻ろうかと思うんだよね、学園に」

「……え？」

「僕がもし人生につまずいたら、そのときは学園長を脅して立て直しに協力させてやるって、ずっと思ってた。性的虐待の証拠になるものをいくつか取ってあるんだよね」

「駄目だ、そんなの危険だ。脅されたことで逆上したらどうするんだ!?」

「そんな人じゃないから大丈夫、アンタの目を怖がるくらいビビリ屋さんだし。あの人はあの人で、僕のこと愛してたから」

「そんなの……！」

そんなの当てにならないといいかけたトキハは、いわずに言葉を呑んだ。

たとえ相手が何者であろうと、誰かに特別扱いされて可愛がられた事実は、今の桜にとって必要だとわかったからだ。

「それともアンタが代わってくれる？　シュアン様を、僕に譲ってくれる？」

目を合わせながら真顔でいわれ、たちまち拒絶反応が出る。

絶対にいやだと思った。

シュアンの愛人としてここに居座るつもりはなかったし、今こうして考えてみても、それは自分の道として違うと思う。けれども、それ以上に桜と代わるのは無理だ。

シュアンが帰宅早々桜の部屋に向かうのも、桜にキスをするのもふれるのも抱くのも、絶対にいやだ。耐えられないし、譲れない。

「――代われない。あの人のこと、好きだから」

桜がめずらしく真っ直ぐに目を見ていってきたので、トキハも真っ直ぐに返した。

シュアンは秘密が多く、引っかかっていることはまだあるけれど、それでも彼が好きだ。

勝手に思い描いた善人ではなかったとしても、男娼を買う男だとしても、鞭を振るうのが好きだったとしても――それでも彼を嫌いになれない。すべて自分が引き受けたいし、彼にならなにをされたって構わない。今はそこまで思ってしまっている。

「学園長とのこと、気づけなくて悪かった」

「はあ？　アンタには関係ないし、気づかれないよう注意してましたんで」

「桜……」

「だって学園長はあそこの王様だし、可愛いから特別扱いされてる子って立場はいいじゃん？　僕は、アンタみたいになにやっても一番ってわけじゃないしね」

桜はそういって目をそらすと、マットから立ち上がる。

「あ、誰か来たみたい」とつぶやいたのと同時に、ノックの音が響いた。

半透明のすり硝子(ガラス)のドアが開いて、全面鏡張りのレッスン室にシュアンが入ってくる。

「まだここにいたのか。ダンスのレッスンは終わったんだろう？」

「あ……はい、終わりました」

「シュアン様お帰りなさい。お疲れ様です」

桜はシュアンに向かって駆け寄り、「今日は寒かったでしょう」と、さらに声をかける。

「屋内にいたから問題ない。君たちのほうが大変だったんじゃないか？　午前中は馬場に行ったんだろう？」

「はい、今日も乗馬のレッスンを受けました。寒かったけど平気です。お日様が出ていたし、馬の体はとても温かいですから」

いつも以上に愛想のいい桜に、シュアンは微笑(ほほえ)みを浮かべながら言葉を返していた。

他愛もない会話で、「馬は好きか？」「また熱を出したらいけないから、無理せず休んでもいいんだぞ」といった普通の会話だったにもかかわらず、トキハの胸はチクチクと痛む。

「トキハと話がある。少し借りていいか？」

輪の中に入れない感覚を味わっていたら、突然引き込まれた。

否応なく二人の輪の中に入れられ、そして輪は再び切り取られる。今度はトキハではなく桜が外され……桜はいやな顔一つ見せずに、「もちろんです」といい残して出ていった。

「──ただいま」

徒広いレッスン室で二人になると、腰を引き寄せられる。

肩越しに見える鏡に、抱き合っている自分とシュアンが映っていた。

トキハの両手は彼の背中に伸びていて、そうするのが当たり前のように力を入れている。

まるで恋人同士だけれど、実際はよくわからない。名前のない関係だ。

「おかえりなさい」

本当は、「今日はわりと早かったんですね」「夕食は一緒に摂れますか？」といいたくて喉のあたりまで言葉が出かかっているのに、なにかしゃべったら涙声になりそうだった。

桜が院長に性的虐待を受けていた事実が、遅効性の毒のように全身に回る。

泣きたいくらいショックなのに、そのくせシュアンとの関係をうらやむ桜に向かって、自分は情の欠片もないことをいってしまった。

「なんだか顔色がよくないな、稽古事を詰め込みすぎたか？」

腫れが引いた左頬にふれられて、顔を覗き込まれる。

返事をする前に、ついばむようなキスをされた。

「大丈夫です。習えるものは習いたいし、毎日すごく充実していて、感謝してます」

俺たちを教育する目的はなんですか——と、今ここで訊いてしまおうと思ったが、もしも桜のいう通りの理由だったらと思うと迷う。

愛人教育なんかじゃないと信じているけれど、絶対違うとはいい切れない。

もし仮に愛人教育だったとしても、たぶん失望なんかせずに——シュアンが自分との未来を考えてくれていることに、ときめいてしまったりするのかもしれない。

「せっかくだから少し踊らないか？」

「……え？　あの、まだ習い始めたばかりで、たぶんすごくもたつくと思うんですけど」

「俺がリードするから大丈夫だ」

シュアンはオーディオのリモコンが置いてある椅子に向かうと、レッスンで使った曲を再生した。音楽が流れだす前に戻ってきて、左手でトキハの右手を取る。

「女性パートとか、わからないです」

「これはレッスンじゃない。肩の力を抜け」

力を抜け——といわれると、性的な行為を思いだしてしまった。

それでもなんとか左手をシュアンの背中に伸ばし、音楽に合わせてワルツを踊る。

踊るというよりは、ぐわっと引っ張られて運ばれている感じだったが、おどろくほど大きな動きに翻弄されるのは気持ちがよかった。

体を高く伸び上がらせたり低くしたりするライズ・アンド・ロアの動作がとても滑らかで、高低差をつけてダイナミックに踊れる。

「う、わ……ワルツなのに、激しい」

「約束の日まで、あと二日だな」

踊りながらささやかれ、耳に直接告げられる。

自分と桜の二週間分の生活費の対価として、明後日の夜に抱かれる約束をしていた。でもそれはもう、取引でもなんでもないものに変わっている。挿入していないというだけで、合意のうえで近い行為をしてきたし、自分は最後まで抱かれることを望んでいた。

いわなくても明らかであろうこの気持ちを、かたくなに隠してもいない。

「……約束なんて、もう……」

「よく我慢したと思わないか?」

「――我慢すら、たのしんでいたんですよね?」

「そう、なかなかたのしかった。物欲しそうな君の顔を見るのは最高だったな。なんとも色っぽくて可愛くて」

「そんな顔した覚えはないです」

「なんだ、自覚がないのか？」

悪戯っぽく笑ったシュアンは、優雅に踊りながら鏡張りのレッスン室を見渡す。

「いつかこの部屋でしよう。じらされて悩ましげな顔を見せてやりたい」

「やめてください、悪趣味です」

「もう二度と他人には見せたくないが、君自身に見せるならいい案だと思ったんだが」

「もう、黙ってください」

恥ずかしいことばかりいうシュアンの唇を、トキハは自分から塞いだ。

背伸びして唇の位置を合わせ、肩甲骨に当てた指に力を入れる。

「ん、ぅ……」

自然と足が止まり、音楽だけが流れ続けた。

この人が好きだからこんなふうにキスをしたくなるし、このまま一緒にいたいと思っている。

けれども自分には夢があるから——だから、ここでずっと足を止めているわけにはいかない。

「ふ……は……っ」

鏡に囲まれながら抱き合ってキスをして、迷っていたこれから先のことを決めた。

明後日の夜、シュアンに抱かれる前に……本当のことを告白しよう。

コンタクトレンズを外して、孤児院にいたオッドアイの子供を思いだしてもらう。

それから、シュアンの影響を受けて頑張ってきたことや、一度は受かった官人養成大学に入れなかったこと。その流れで男娼になったこと——。

そしてなにより、これからどうしたいのかという自分の気持ちを、しっかりと伝えたい。

「明後日の夜、お話があります」

「……わかった。俺のほうも、話さなければいけないことがある」

「話さなければ、いけないこと？」

シュアンは黙ってうなずき、「もう少し踊ろう」といった。

自分の話は今すぐする気がないのに、相手の話は今すぐ聞きたい気持ちになる。

急かすことはできないけれど、たのしみとはとてもいえない緊張感に襲われて——先ほどのようには踊れなかった。


約束の日の夜、トキハは午後十時にシュアンの部屋に向かった。

これまではシュアンがトキハの部屋に来ていたが、今夜は違う。彼は昨日、仕事で戻らず、徹夜明けで夕食前に帰ってきて、食事を摂らずに少し仮眠を取るといっていた。

——ノックだけじゃ起きないか。

屋敷の最奥にある部屋の扉をノックしても、まるで反応がない。

かといって、あまり強く叩いて起こす気にもなれなかった。

午後十時に起こしてくれといわれていたが、それだけでは寝足りないようなら添い寝して待つ手もある。

トキハは彼の寝顔を眺めるのが好きだった。

——起きるまで待って、完全に覚醒したら話そう。本当のこと、全部……。

黒いコンタクトレンズは着けたままだったが、シュアンが目を覚ましたら真実を話し、嘘をついたことを謝ってから外そうと思っている。

「シュアン、もう十時に……」

一応声をかけながら扉を開けようとすると、横から足音が聞こえてきた。

「桜……」

廊下に桜が立っていた。

なぜかバスローブ姿で、室内履きをパタパタと鳴らしながら近づいてくる。

どうしてここにいるのか、その恰好(かっこう)はなんなのかと問い質(ただ)したいトキハの前で、桜は「お願いがあるの」と真剣な顔でいってきた。

「お願い？」

「一度だけでいいから、思い出をくれない？」

なにをいいだすかと思えば、桜は神にでも祈るように両手を合わせる。

「学園長に……あのオッサンに抱かれたままの体だと、これからの人生やり直せない気がする。

一度でいいから、好きな人に抱かれてみたい」

「——好きな、人？」

「一目惚れだったの……初めて園に来たときから、ずっと」

桜は「お願い」といって両手を合わせたまま、まぶたを閉じる。

殊勝な態度を取られても、どんなに情に訴えられても、答えは決まっていた。

いやだ、絶対にいやだ。一度でも駄目だ——それしか出てこない。

幼いころから学園長に手を出され、性的に搾取されていた桜を気の毒だと思う。

なにも気づかず桜を嫌っていた自分を愚かだったと思い、罪悪感を覚えている。

でも、それとこれとは別の話だ。シュアンは貸しだせるような存在ではない。

「——奪われるのが怖いの？」

上目遣いで問われ、はっと我に返る。

まだ断っていなかったトキハに、桜は「怖いんでしょう？」と詰め寄った。

「本当に好き合っていて心が通じているなら、一度くらい他人に譲ってもなにも変わらないでしょう？　シュアン様はちゃんとアンタのところに戻ってくる。でも、アンタはそれを信じてない。シュアン様のことを信じてないから、僕に、たった一度すら譲ることができないんだ」

「——信じてないとか、そういうことじゃない」

「じゃあ譲ってよ。アンタより確実にテクニックがある僕がお相手して、それでもちゃーんとアンタのところに戻ってくるなら本物ってことじゃない？　自信があるなら一度だけ譲って。そうしてくれないなら、アンタがシュアン様に抱かれてる間に、首くって死んでやる」

「……桜っ」

耳を疑うようなことをいう桜に圧され、気づいたときには扉を開けられていた。

シュアンが眠っている部屋に……シュアンの寝室に、桜が滑り込んでいく。

バスローブの裾をひるがえし、桜は内側から扉を閉めた。

そして施錠する。

トキハだけを廊下に残して、それは無情な音を立てた。

しんと静まり返った廊下で、トキハは自分の心音に急き立てられる。

扉を激しく叩いて邪魔するべきだと思った。

まずシュアンを起こし、扉を開けてもらって中に入り、桜に向かっていうべきだ。「一度だって譲れない」と、そういって桜を部屋から追いだすべきだ。

――でも、首をくくられたりしたら……。

あの桜が、そんなことをするわけがないと思う。

そう思う一方で、十七年間も同じ屋根の下で暮らしてきたのに、痛みに気づかなかった事実に責め立てられる。

絶対に首をくらないといいきれるほど、自分は桜のことを知らない。

性格が悪くて要領がよくて、負けず嫌いの努力家で、根性がある奴くらいにしか思っていなかった。学園の王子のように振る舞う代償が、そんなに大きなものだなんて知らなかった。底の浅い奴だと内心どこか低く見ていて、すべて見抜いている気でいただけだった。

――最悪だ……こんなの……。

シュアンの部屋の前にいられなくなり、廊下を走って階段を駆け下りる。

建物の外に飛びだす間に、心臓が軋んで苦しくなった。

限界まで引き絞られた弓のようにキリキリと痛くなる。

――桜を……かわいそうだと思う。気づいてやれなくて悪かったとも思う。でも、だからといってシュアン様を譲るとか、それは違う。

こんなふうに逃げだしては駄目だ。

欲しいものは自分で取りにいかないといけない。自分の手で守らなければいけない。譲ってもいいと思えないくらい大事なものなら、今こそ石にかじりつくような執着をみせて、取り返さないと――。

屋敷の裏手にある馬場まで行ったトキハは、無意味に走り続けるのをやめる。

こうしている間も、桜の手がシュアンにふれているかもしれない。どうにかなってしまうかもしれない。時間を置いて気持ちを落ち着けたり、慎重に考えたりする余裕はない。とにかく取り返すのが先だ。

理性的でなくてもいい。怒鳴り込んだっていい。とにかく早く行動するべきだ。

自分はシュアンに告白すべきことがある。シュアンも、話さなければならないことがあるといっていた。ふたりにとって大事な夜だ。一秒だって譲りたくない。

馬房に背を向けたトキハは、屋敷に戻るために歩きだす。

心はすでに、シュアンのもとへと飛んでいた。

「——っ、ぁ！」

走り始めると同時に、目の前に人影が立ちはだかる。

長身で体格がよく、シュアンが追ってきてくれたのかと思った。

一瞬だったが、喜びの感情が沸き上がり——それはすぐに背筋が凍る恐怖へと変わる。

「散々捜したぜ、フェザー」

男は一人ではなかった。

見えてくる人影は三つに増える。大きな影から伸びる手の先で、サイレンサーつきの銃が黒光りしていた。


シュアンの屋敷から男娼館までは、思っていた以上に遠かった。

脱走した日の夜、トキハと桜が倒れる寸前まで歩き続けた距離は、車で走っても遠く感じるほどのものだったらしい。もっとも、男娼館の連中が最短ルートを使って戻ったとはいい切れないが。

「うああ、ぁ……っ」

男娼館に着くなり地下室に連行され、裸にされてホースで水をかけられた。

おそらく消火用のホースで、大柄な男でも両手を使わなければ持てないほど太い。

「ぐ、あぁ……っ、あぁ！」

当たりどころが悪いと激痛が走り、特に腹部や鳩尾に当たると嘔吐しそうになる。

ボディーブローを食らったら、たぶんこんな感じだと思った。

骨ばった部分に当たるのも痛くて、脛を打たれた途端に床を転げ回ってしまう。

「やめ、ぁ……いやだ……！」

可能な限り背中側で受けたいのに、水の勢いで体を引っ繰り返される。

仰向けになったところに水柱が来て、腹や性器を打たれるのがつらかった。

「く、ぁ……う、う――っ！」

水柱がトキハの体を避け、顔のすぐ近くの床を打つ。

直接当てられるよりはマシだったが、思いきり撥ねる水飛沫が顔にかかって、口を閉じても鼻から入ってくる。

むせて咳き込み、水を吐いては再び飛沫をかけられ、このまま窒息死するかと思った。

「う、ぅ……っ」

「あの屋敷の持ち主は何者なんだ？　情報が秘匿されていて、いくら調べてもつかめない」

「あそこにドールもいたんだろ？　屋敷の持ち主が、あの日の十三番の客なのか？」

水を壁に向けられ、一時的に楽になる。

答えなければまた水責めに遭うとわかっているだけに、「知らない」といい続けることが難しくなっていた。

苦しさから逃れたくて、なにか適当な嘘でもつこうと思ったり、それすらも考えられなくなったり、水のせいで思考回路が錆びている。

「——知らない。桜とは、すぐに別れた」

壁に当たってものすごい音を立てる水柱が、こちらを向くのが怖かった。

それでも余計なことは決していわない。桜もあの屋敷にいるとか、屋敷の持ち主は誰かとか、そんなことを口にしたらより恐ろしいことになる。シュアンの身に危険が迫るような展開は、絶対に避けたかった。彼に迷惑をかけるだけでもいやだ。

そんなことになったら、自分は水責めより格段につらい後悔に苦しむだろう。

「う、ぁ……ぐ、あ——っ！」

冷たい霧を噴き上げる水柱が、唸りながら襲いかかってくる。

水の溜まった床を這って逃げたが、脇腹に当てられた途端に全身を吹っ飛ばされた。水圧に負けてゴロゴロと、壁際まで転がってしまう。

「水を止めろ」

従業員の一人がそういって、ようやく水が止まった。

同時に口から水が溢れてしまい、トキハは大量の水を吐く。

「ぐ、ぅ……う、ぅ」

「椅子に縛りつけろ」

大した怪我はしていないのに、体中の骨を抜かれたように動けなかった。

水浸しの地下室には、オークションのさいに使用される電動の椅子と同じものがある。

けれどもあれよりもっと使用感があって、カバーはところどころ破れ、黒ずんだ染みがあちこちについていた。

「う、やめろ……！」

髪や体から水を滴らせた状態で、無理やり座らせられる。両足をフットレストにきつく固定されたあと、椅子の位置が高く上がって、モーター音と共に開脚姿勢を取らされた。

「う、ぅ……やめろ、見るな！」

「安心しろ。気持ちいいことしかしない」

「明日からすぐにでも働いてもらうからな、傷をつけるわけにはいかないんだよ」

執事風の服を着た男が四人、上着を脱いでトキハを取り囲む。

さわられると気持ちが悪いのに、冷えて凍えた肌は温もりを求めていた。いくつもの手から伝わる体温を、本能的に求める体がいやだ。

「う、ぁ……や、さわるな……！」

生温かい手に胸をまさぐられ、性器に柔らかいエラストマー素材のサックを被せられる。

サックはぬるぬるとした粘液で満ちていて、内側には無数の突起があった。

三十代半ばくらいの大柄な男が、サックを握った手を性器の根元まで下ろす。

「ふ、あ……う、ぁ……！」

ヌチュヌチュと卑猥な音がして、サックの色が変わった。薄く引き伸ばされることで、濃い白色だった素材が半透明になる。

「ん、んぅ……っ」

瞬く間に勃起した性器の色が透けて見え、とても直視できなかった。寒くて縮こまっていたのが嘘のように奮い立ったトキハの性器は、餅菓子に似た膜の中でひくついている。

「く、ぅ……ぁ」

「もう一滴も出ませんって状態になっても、朝までずっと扱いてやるよ」

「最高なのは今だけだ。お願いだからやめてくださいって、泣いて縋る破目になる」

「もちろん後ろも可愛がってやるからたのしみにしてろ」

男たちは口々にいって、下卑た顔で笑った。

黙っていた残る一人が、地下室の入り口にあったジュラルミンケースを運んでくる。

「う、ぅ……」

開かれたケースの中には、男性器を模ったバイブレーターや、SM道具が入っていた。

いやだ、やめろ、といいたくても、快楽に呑み込まれて言葉にならない。

「く、ふ……ぁ、あ……！」

性器を包み込んでいる柔らかなサックが、体温やストロークの摩擦で温もっていった。

本来は挿入する側である男としての快感を教え込まれながら、裂けそうなほど開かれた股の間に潤滑剤を垂らされる。

「ひ、あっ、ぁ……！」

同時に胸にも潤滑剤を塗られ、ぬめる指先で執拗に刺激された。

「ん、ぅ……っ」

「力を抜け。特製のビーズを挿れてやる」

「穴がいい感じにほぐれたら本物をブチ込んでやるから期待してろよ。四人だけじゃないぜ、あとで他の奴らも来るからな」

「ケツ穴がガバガバになっちまうかもな」

樹脂の球体が連結した奇妙な道具を、後孔にツプツプと埋め込まれた。

球体は徐々に大きくなっていき、三つ目は肉の抵抗をかい潜って強引に入ってくる。

「ほらいくぜ、がっぷり呑み込め！」

「う、あぁ……や、ぁ……！」

ボコン！　と音を立てながら収まりきった瞬間、息が止まるほど苦しくなった。

これがもしシュアンを迎え入れる痛みなら、苦痛以上に得られるものがあるのに、今はなにもない。身も心もすり減るばかりだ。

――シュアン様……シュアン様……！

胸の内で、好きな人の名前を繰り返した。

呪文のように何度もそうしてみたけれど、状況は変わらない。

後悔に胸が震え、痛みが増すだけだった。

ホースの水が天井にかかったのか、絶えず水滴が落ち、ピチャンピチャンと音が響く。

その水音に意識を集中させることで、時がすぎるのを待とうとした。

それくらいしかできない自分の無力さが、いやというほど身に沁みる。

「――トキハ！」

幻聴なのか、突然シュアンの声がした。

その直後に地下室の扉が荒々しく開かれる。

男たちが身構えるのを目にしたのに、それでも現実だとは思えなかった。

シュアンが助けにきてくれるという夢にすぎなかったら、心が折れてしまいそうで――。

「黒い仮面……っ、特高か!?」

あまりに無防備な恰好をさせられているトキハとは対照的に、扉の向こうから隙のない仮面姿の男たちが現れる。

「内閣府公安諜報局、特別高等警察だ。本日零時、この屋敷の所有者である鷺ノ宮長春を、売春強要及び人身売買の容疑で逮捕した」

黒いレザー調のライダースーツに、黒手袋、そして鼻筋も目元もわからないほど顔上部を覆うシールド付きの仮面。全身黒ずくめの彼らは、禁制の神経銃を手にしていた。

――特高……本物の……特高だ。政府から殺人許可証を与えられた、秘密諜報局員！

電子銃が全面禁止されているエリアJで、神経銃を持てるのは特高だけだ。撃たれれば全身の神経が麻痺して、数日は廃人化すると噂されている。出力によっては瞬殺も可能で、痕跡も残さずに人間を殺せる最強の銃といわれていた。

「ま、待ってくれ！　なんだって売春や人身売買程度で特高が動くんだ!?」

「功人には免罪特権があるはずだ。このくらいのことで御大が逮捕されるはずがない！　不敬極まりない越権行為だ！」

逃げ場のない四人の従業員は、すぐに手を上げて投降する形を取っていた。しかしそのうち二人は諦めが悪く、言葉で嚙みつく。

「鷺ノ宮長春は免罪特権を利用して非合法の男娼館を経営し、この屋敷を隠れ蓑に反政府組織の主要メンバーを匿っていた。利益供与の証拠も多数挙がっている。功人であろうと政治犯と見做されれば、身分剥奪のうえ収監されることは知っているな？」

紛れもなくシュアンの声を持つ黒ずくめの男は、そういって神経銃を男たちに向ける。

「他に訊きたいことは？」

「う、撃たないでくれ！　助けてくれ！」

娼館の従業員四名は特高に押さえつけられ、水浸しの床に額を当てた状態で拘束された。

特高は全員同じ服装だったが、シュアンが格別に高い地位にあるのは佇まいでわかる。

——シュアン様！

髪は青みを帯びためずらしい黒。目の色は仮面のシールドによって見えなかったが、間違いなく彼だった。

「トキハ……遅くなってすまなかった」

銃をホルスターに収めたシュアンは、駆け寄るなり椅子の拘束具を外してくれる。

抑揚のない冷静な口調だったが、意図的に抑えたものだと感じられた。

その証拠に仮面のシールドをスライドさせ、揺れる青い眼を見せてくる。

目は口ほどに——と、いわれている通りだった。

シュアンの瞳は、心配したり安堵したり、激しく憤ったりといった、人間らしい多様な感情をたたえている。

「局長、上階の制圧が完了しました」

従業員が連行されたあと、地下室に残った特高の一人がシュアンに報告した。

――局長？　特高の……トップ？　内閣府公安課報局の、局長だったのか⁉

おどろきのあまり絶句していると、シュアンがバスローブをかけてくれる。

部下たちから隠しつつ、性玩具を外してくれた。

「う、ぅ……あっ……」

「大丈夫か？　俺は間に合ったのか？」

トキハの髪をタオルで拭きながら、シュアンは声を潜めて訊いてきた。口調からは冷静さが抜けていて、心の揺らぎが感じられる。

彼以上に動揺していたトキハは質問の意図をすぐに理解できなかったが、数秒遅れてからようやく理解した。

「大丈夫です。まだ、なにも……」

「そうか……それは不幸中の幸いだったが、ひどい目に遭ったな。待たせてすまない」

「いえ……俺が、油断してたから……」

「こんなに冷えきっているうえに、痣だらけにされて。さっきの四人は必ずや俺の手で拷問にかけてやる」

「――シュアン様……」

「止めるなよ。仕事の一環だ」

彼は怒りを抑えきれない様子で唇を歪ませ、トキハの体を引き寄せる。バスローブで包んで、背中と膝裏を支えて抱き上げた。

「う、わ……」

あまりに軽々と浮かされたので、一瞬なにが起きたのかわからなかった。

いわゆるお姫様抱っこの状態でしっかりとかかえられ、黒い毛布で二重に包まれる。

「この少年を家に送り届けてから合流する。手筈通り護送車を帝都に戻せ」

「承知致しました」

初めて見たトキハには個体識別が困難なほど似た恰好の部下たちの間を抜けて、シュアンは地下室をあとにする。

トキハは羞恥心もプライドもかなぐり捨てて、シュアンの首に縋りついた。

彼が変装して男娼館に通っていた理由も、暴力に慣れていた理由もわかった。官人ということ以外は職業を伏せていて、多忙かつ不規則な勤務体制であることも、すべて納得がいく。

特高は殺人許可証を持っていることもあり、完全な秘密諜報局員だ。偽りの戸籍や経歴を用意され、家族にさえ真実を明かさずに二重生活を送るのが常だといわれている。

「シュアン様……俺は……」

「家に着いたら、一旦なにもかも忘れてくれ。俺は今夜初めて会った諜報局員だ」

なでてくれた。「お前の気持ちはわかっている」と、そういってくれている気がした。

いいたいことがまとまらずなにもいえなかったが、シュアンは歩きながら、頭を顎でもって

ぎゅっと抱きつきながらうなずくと、涙が堰を切ったように溢れだす。

「はい」

もののしい護送車が列を成す男娼館を、シュアンの私用車に乗ってあとにする。

大型のリムジンだったので、運転席と後部座席は完全に分かれていて、シュアンは車に乗るなり唇を塞いできた。

「ん、ぅ……ふ……」

「――ッ、ゥ」

まだ仮面も取っていない彼に押し倒され、ロングシートの上でバスローブを開かれる。

責任ある立場の男らしく声を荒らげたりはしなかったが、ひどく憤っている様子だった。

――俺のものに手を出しやがって……とか、そういうふうに思ってくれてるのがわかる。すごく、腹を立ててるのがわかる。

走行中の車の振動を感じながら、トキハは限りなく全裸に近い恰好で組み敷かれた。

「寒くないか？」

キスで濡れた唇を放したシュアンは、そう訊きながら仮面を外す。

流れるような動作で、青みを帯びた黒髪を指で梳いた。

「寒くない……です。でも、温めてほしい」

「もちろんそのつもりだ。だが、先に見せてくれないか？　あの綺麗なオッドアイを」

「──っ!?」

シュアンの言葉に、トキハは耳を疑う。

そのくせ手は動いて、指を自分の左目に向けていた。

「……桜から、聞いたんですか？」

「そうだな、確かに今夜桜くんから……スラムではなくハルニレ学園の出身だと聞いたが、聞かなくてもわかっていた」

「──え？」

トキハはおどろきに目をしばたたかせながらも、黒いコンタクトレンズの表面にふれる。

洗浄のために毎日外していたので、鏡がなくてもどうにか外すことができた。

「……ああ、やはり素晴らしいな。やっと本当の君に会えた」

シュアンは感嘆の声を上げ、トキハの額に手を添える。

よりよく見るために前髪をなでつけ、まじまじと覗き込んできた。

「君の目は、左右どちらも美しい」

幼かったあのころと変わらず、心からの称賛が伝わってくる。

オッドアイを見つめているシュアンを見つめ返していると、視界が滲んできた。

「いつから、気づいてたんですか？」

「最初からだ。オークションのときから」

「……えっ、でも、目を黒くしてあったし、背も伸びたのに……なんで？」

シュアンの言葉を本気で信じていないわけではないけれど、信じられないような気持ちだった。十歳から十七歳までの成長はいちじるしく、特徴的な部分を隠したらわからないとばかり思っていたのに――。

「今夜、君に話さなければならないことがある……先日そういったのを憶えているか？」

「もちろんです」

質問に答えなかったシュアンは、トキハの額に自分の額を当てる。

こつりとぶつけたまま、「謝らなければならないことだ」といった。

トキハの正体を見抜いていた件とは別の、もっと重要なことのように思える。

シュアンにとって、トキハや桜の正体を見抜いていたのは当たり前のことだったのかもしれない。特高という職業柄、人を見分ける目は普通以上に優れていそうだ。

「君が知っているシュアン・真紅は……一人じゃないんだ」

「……え？」

「シュアン・真紅は戸籍上一人だけ。だが本当は、二人いる」

至近距離で告げられた言葉を、理解するのに時間が必要だった。

特高は偽りの戸籍を用意されるとか、家族にも秘密で二重生活を送っている、といった都市伝説的な噂は知っていたが、それに関する話ではない気がする。

「俺たちは、君と同じように……不吉だというくだらない迷信によって人生を捻じ曲げられた。本当は二人で生まれたのに、一人分の戸籍しか持っていない」

「二人で、生まれた……それって、まさか……」

「一卵性双生児だ。誰も見分けがつかないほど似ていて、シュアン・真紅としての人生を日々分かち合って生きてる。君と最初に出会い、ネグレクト状態だと見抜いたのは弟で、そのあと図書室で君と話したのは兄の俺だ。オークション会場で君を見つけたのは弟、そのあと屋敷で君たちを迎え、案内したのは俺。好きなものも嫌いなものもいつも一緒で、二人で君が欲しくなった。悪いと思いながらも、二人で君に手を出した」

「――っ」

衝撃のあまり呆然として話について行けないトキハの中で、記憶が一つ一つ、箱を分解するように展開されていく。

大勢の中からやせ細って汚かった自分を見つけてくれたシュアンと、そのあと人生を変える言葉をくれたシュアンは別人だった。オークションで自分を競り落とした人は弟のほうで……

屋敷の書庫で薬を塗ってくれたのは兄のほう。自分はどちらとも性的な行為をして、両方と関係を持ったことになる。

「——悪かった。今夜、告白して二人揃って君に謝ろうと思っていた」

「二人、揃って？」

「お互いに引けなかったから、君にどちらかを選んでもらうか、二人とも受け入れてもらうか、二人揃って拒まれるか……君に裁定をくだしてもらうしかないと思っていた」

とんでもない選択肢をつきつけられ、しばらく思考停止せずにはいられなかった。

二人のシュアン——彼らが自分に謝るのは、騙していたという自覚があるからだ。

確かに騙されたのかもしれないが、それで損害を被ったわけではない。今後どういう関係になるかわからない時点で、秘密を明かせなかったのはしかたがないと思う。

どちらのシュアンも恩人で、これまで接したすべてのシュアンを区別なく好きだと思う。

もしも鞭を振るう趣味があったとしても、了承のうえであればそれでいいと……そう思ったくらいだ。そこまで到達している今、なにを迷うことがあるだろう。

「俺は、これまで接したシュアン様を……全部、好きだと思っています」

兄であれ弟であれ、自分で知っている彼であるならそれでいい。

どちらも自分を求めてくれるなら、その胸によろこんで飛び込みたい。

恩人が二人、好きな人も二人。ただ増えただけのことだ、なんの問題もない。

「――ありがとう。まだ質問に答えていなかったな。俺も弟も、監査役を通して君の成長を見守ってきた。そうでなくとも、成長した姿を見れば一目でわかっただろう。目の色を変えても、君は君でしかない。俺たちが揃って惹かれた、唯一無二の存在だ」

「……う、ん」

口づけられて、自分の選択が正しいことを実感する。

この人を拒むなんて、絶対にありえないと思った。弟のほうでも同じことだ。

見分けがつかなくたっていい。どちらも好きで、どちらも好いてくれるならそれでいい。

「体が冷えてる。温めたい」

シュアンは、レザー調の黒いライダースーツのファスナーを下ろす。

盛り上がった胸筋が露わになった。見るだけで温まる気がする、肉感的な体だ。

「……ぁ……シュアン様……」

シュアンはつなぎのスーツから両腕を抜くと、中に穿いていたパンツのファスナーも下ろす。

体を重ね、冷えた体に温もる肌を当ててくれた。

唇と舌をまとめて吸うようなキスをしながら、シートの上に膝ごと乗り上げる。

――オークションのときから、わかってたんだ。目の色が違っても俺だって気づいて、他の男に抱かれてひどい目に遭わないよう……咄嗟の判断で助けてくれた。大事な潜入捜査の最中だったのに、疑われる危険を冒して……。

それは今ここにいる彼ではないシュアンがやったことだが、どちらでも同じだったのだろう。

おそらくそういうことなのだと思うと、また涙が止まらなくなった。

「あ、ぁ……ふ、ぅ」

衣服を下着ごと下ろしたシュアンが、性急につながりを求めてくる。

考えてみれば彼とは――兄のほうとは、たわむれ程度で一度もつながったことがない。

彼とつながることは、そのままトキハの願望でもあった。

大きな体で押し広げられる膝と膝を自分でも開いて、脚の間に彼を迎え入れる。

「トキハ……奴らの仕業と思うと忌々しいが、今すぐここで君を抱きたい」

「シュアン様……っ、あ……」

皮肉にもトキハの体は性玩具によってほぐされ、樹脂の球体で拡張された後孔は、すぐに性器を呑み込めそうだった。媚薬(びやく)は使われていないのに、奥が熱っぽくうずいている。

「早く……っ、俺も……」

恥ずかしげもなくねだって、シュアンの背中に両手を回した。

広がったバスローブの上に埋まっていた腰を浮かせ、ぴたりと当てられた性器を受け入れる。

「く、ぁ……あぁ――」

肉の穴をこじ開けられる抵抗はあるものの、初めてしたときよりも早く快感を得られた。

シュアンとこうすることを毎日考え、自ら望む気持ちがあったから、奥へ奥へと入ってくるものを、とても愛しく思える。

「は、っ……あ、ぁ……！」

「トキハ……ッ」

通常より奥のほうにあるという性感帯を、シュアンは小刻みに突いてきた。

どれくらい収まったのかトキハにはわからないが、彼が気持ちよさそうで、自分も気持ちがよくて……先ほどまでの出来事が嘘のように幸せだった。

どちらのシュアンとも愛し合いたい、もっと気持ちよくさせたい。

抱く価値のある体だと思われたい。この先もまた抱きたいと……心から思ってほしい。

「や、ぁ……あ、ぁ……！」

「——ッ、悪いな、奥を突かせてくれ」

シュアンは耐えられなくなった様子で腰を沈め、ずぶりと深く入ってきた。

これまでは浅かったことを痛感するくらい、大きなうねりがやってくる。

「ひ、ぁ……あぁ——！」

肉とは思えないほど強大な性器によって、内臓の内側をこすられた。

「——ッ、ゥ……」

後孔から胃に向かって芯を通され、ぐぐっと大きな圧に襲われる。

男の体にはあまりにも負担が大きく、受け入れ難い行為だと感じる反面、どうにかなりそうなくらい気持ちがよかった。ひどく矛盾したこの快感は、神様の設計ミスか、悪戯としか思えない。

「い、あぁ……く、ぁ……」

「――ッ、ゥ……」

シュアンは呼吸を乱しながら、膝裏を引っつかむ。

シートから浮いていたトキハの腰をさらに浮かせて、獣のように突いてきた。

「や、ぁ……もう、ぃ……達く……」

「トキハ……っ、君を放せそうにない」

「……シュ、ア……ッ」

今後を示唆する言葉を聞くと、天にも昇る心地になる。

「俺も放されたくない」と返す代わりに、力いっぱい抱きついた。

「ん、あぁ……ん――っ！」

密着した状態でありながらも、一際激しく突かれる。

つながりがほどけそうなくらい引かれたところから奥までこられると、まるで我慢がきかなかった。

「く、ぁ……熱っ、ぅ……！」

「……ッ、ゥ……ッ！」

どくんと放った瞬間に、彼が中で達く。

ものすごく熱くて重たいものを、たっぷりと注ぎ込まれたのがわかった。

むきだしの胸に飛び散った自分のものも、とても熱い。

——このままずっと、一緒にいたい。

愛人として囲われたいわけではないけれど、この人とずっと一緒にいたい。弟のほうとも一緒にいたい。いつかきちんとした大人になって夢に向かっていたら、愛人ではなく恋人として、彼らのそばにいられるだろうか——。

「シュアン様……」

「トキハ」

低く甘い声で名前を呼ばれ、濡れた胸元に肌を押しつけられた。

体重をかけて、ぎゅうっと抱き潰される。

「あ、っ……また……」

達したあとに一旦硬度を低めた性器が、体内でぐっといきり立った。

シュアンの体が、声が、お前を好きだと物語っているようで胸がときめく。

涙が出てくるのに、頬や口元がゆるんだ。

抱かれるだけでわかることもある。

この人と共にいられる未来があると、信じていられた。


田園地帯を走り抜けるリムジンの車内は、移動する寝室のようだった。

ロングシートに二人並んで寝るのは無理だったが、シュアンが仰向けに寝て、トキハは彼の上にうつぶせに寝た。

何度か、「重くないですか？」と確認したら、シュアンは「心地好い重さだ」といって、転がり落ちないよう支えてくれた。

「あの……桜に会う前に、頭を整理しておきたいんですが」

「そうだな、まずなにから訊きたい？」

バスローブ越しにトキハの背中をなでながら、シュアンは笑う。

救出直後は切羽詰まっていたのに、今は嫌味なくらい余裕の表情だ。

「じゃあ、桜……とのことから……」

「もちろんなにもないから心配要らない」

「そう、ですか……心配は、そんなに……してませんでした。信用、してましたから」

「そうか、少しは心配してほしいところだが、信用に勝るものはないな」

「桜は、今どうしているんですか?」

「警視庁の知人に預けてある。彼は俺たちの秘密を知らないからな、特高のことはもちろん、今こうして君といることも当然知らない。俺に、ただ拒まれただけという状態だ」

「拒まれた、だけ……」

「あの子にも同情すべき点はあるようだが、いずれにせよ俺たちの好みじゃない」

シュアンはそういうと、シートの背もたれに手をかけて身を起こす。

二人で重なって寝る体勢から、寄り添い合って座る恰好になった。

「トキハ、君が官人候補登用制度の第一期生に選ばれたと知ったときは、二人で祝杯を挙げた。やはり自力で上がってきたな……と、密(ひそ)かに満足していたんだ」

「シュアン様……」

「ところが奇妙なことに、合格者の中に辞退者が続出し、その中に君の名前があった。調べてみたら、辞退者全員がとびきり綺麗な子ばかりときている。管轄の問題があってこの件で直接動くわけにはいかなかったので、警視庁の人間に調査を依頼したところだった。そんな中……反政府組織への巨額利益供与の件で潜入捜査をしていた鷺ノ宮長春の別邸に、君が現れたというわけだ」

合格者が入学を辞退したことになっている事実に、トキハは言葉を失う。

よくも悪くもショックで、そのあとに続いた話は半分ほど理解できなかった。

少し遅れてなんとか呑み込めた気がしたが、あまり自信がない。

予算の関係で合格者を削減する……という話が嘘だったことに、怒るべきなのか、それとも希望を見出すべきなのかもわからない。

「君と会うたびに、運命を感じてる」

「――運命？」

「俺たちの親は、反政府ゲリラによる無差別テロで家を焼かれたうえに大怪我をして、スラム落ちする破目になった。最初はテロ行為に対してうらみを持っていたが、現政府そのものにも問題があることを、今はよくわかっている。孤児が自身の養育費を背負わされ、十年もの勤労奉仕を強要される制度について、君が異を唱えていたのと同じだ。俺たちも似たようなことを考えてきた。この国を知れば知るほど、間違っていると思うばかりだ」

政府の犬とも称される特高のトップでありながら、シュアンは政府を批判する。

淡々と語られた彼らの生い立ちにもおどろいたが、それを上回るくらい、特高による政府批判は衝撃だった。

「だが、反発だけが能じゃない。一般人を巻き込む卑劣なテロ行為を繰り返す反政府団体は、根絶やしにすべきだと思っている」

シュアンの話を聞いていると、この人は自分と同じ考えを持っていて、さらに先を行っている人なのだと感じた。どう考えているのか、いわれなくても気持ちが伝わってくる。

世界を変えたいと思ったら、まずは地位を得て、より高いところまで上り詰めなければならない。この社会に於いて、出世は無血で世の中を変える最短ルートだ。

「あの娼館を隠れ蓑にした利益供与の証拠は、ここ数日ですでにつかんでいたが、検挙に至らなかったのは別の目的があったからだ。巨大反政府ゲリラのナンバー2が鷺ノ宮の念弟であることを突き止めていたため、俺は大物を捕らえるべく、鷺ノ宮を泳がせていた」

「……っ、え……それって、まさか、今夜のことでその計画が崩れたんじゃ」

「そうだな、崩れたといえば崩れた。だが、これでよかったと思っている」

「……でも……っ」

「大丈夫だ。テロリストは別ルートで追えばいい。あそこには様々な事情で捕らえられた少年や、騙された少年、親に売られた少年がいてひどい目に遭っていることを知りながら、俺たちはテロを未然に防ぐためという大義を振り翳して、彼らの救出を後回しにした。君の身に危険が迫るまでは――」

シュアンは懺悔するかのように、トキハの目を見ていった。

瞳に宿る感情は本物だった。

重たい悔恨の念が、胸に流れ込んでくる。

「任務遂行を優先し、大事なことが見えなくなっていたのかもしれない」

シュアンは今もトキハの左目を見つめて、時折まぶしいものでも見るように目を細めた。

「七年前にも、似た状態に陥ったことがある。そんなときに、まぶしいほど目を輝かせた少年に出会った。その少年は『民に幸福を齎す王の証し』といい伝えられる紫の目で俺を射貫き、忘れていた初心を思いださせてくれた」

「シュアン様……」

トキハは黙って座っていられなくなり、彼の胸に飛び込む。

シュアンがなぜ、幼かった自分との出会いに運命を感じたのか、それがわかった。

彼らが自分の運命を変えたことに比べたら微々たる影響かもしれないが、自分もまた、彼に影響を与えて、なにかを変えていたのだ。

「ああ……そうだ、桜くんは今ごろ、入学辞退が本意ではなかったことと、娼館と通じて辞退の書類を勝手に提出した孤児院の院長の過去現在に及ぶ悪行について、事情聴取を受けているはずだ」

「え……？　院長がグルだったってことですか⁉」

「そういうことだ。当然辞退は無効になり、二週間遅れだが官人養成大学に入学できる。君も桜くんも、同様の被害少年たちもだ」

「俺たち……っ、入学……できるんだ」

シュアンの言葉を耳にした途端、初めて会ったときのように世界が明るくなった。

ただ明るいだけではなく、花まで咲き乱れていた。子供のころと同じ現象が起きる。

何事もなければ今夜、トキハはシュアンに一世一代の頼み事をするつもりでいた。

自分と桜を一年間匿うよう頼んで、性行為で支払う関係ではなく、正式に借用証を書いてもらうつもりだった。出世払いにはなるが、奨学金で大学に上がり、必ず返済する気でいた。

愛人ではなくシュアンのそばにいられる立場になりたかったし、世の中を変える力を諦めることもできなかった。

「官人養成大学に、行けるんだ、俺……」

「ああ、君には偉くなってもらわないとな。官人にはなれるだろうが、それもピンキリだ。いうまでもないが、最高位は首相だぞ」

「首相!?」

「そうだ。官人になってキャリアを積んで、さらに選挙を勝ち抜けば首相になれる。今の純粋な心を大事にしながらも、強か（したた）に生きて鎬（しのぎ）を削り、真っ直ぐ頂点を目指してくれ」

いくらなんでもこれは冗談で、真に受けて否定するのもおかしい話だと思ったが、シュアンの目は真剣だった。

「が、頑張り……ます」

「いい返事だ。期待してるぞ」

まだ湿っている前髪をなでられ、長い指でくしゃっといじられる。

「大学に行ったら、寮に……入らないと」

「そうだな、それがなにより心配だ。若い男に奪られるのは御免だからな。君のおかげで自分が案外嫉妬深いことに気づかされた」

「嫉妬、深いんですか？」

「ああ、嫉妬深く心配性だ。寮に入っても、くれぐれも俺たちの存在を忘れないでくれ」

「そんなの！　忘れるわけないです！」

「心配なんだ。俺たちにとっては運命の相手でも、君にとってどうかは別の話だろ？」

「別じゃないです！」

カッと目をむいて叫んだトキハに、シュアンは一瞬目を円くしてから笑った。

お互いこれからが大変で、自分はしばらく勉強で手いっぱいになるだろう。

そしてシュアン兄弟は、男娼館を利用して大物テロリストを逮捕できなかった分、別の形で彼らを追うことになる。

「シュアン様……俺も、すごく嫉妬深いので……他の人に手を出さないでください。プロでもいやです。どちらのシュアン様も、誰にも、さわらせたくない」

これだけは絶対いわなきゃと思ったトキハに、シュアンは再び笑った。

髪をなでながら、「約束する」と、目を見ていう。

うれしくてうれしくて……気づけば唇を重ねていた。

それだけでは済まずに、シートの上でもう一度体を重ねる。

「……ん、ぅ……っ」

未来に続く道が、閉じたまぶたの裏に浮かぶ。

キラキラと光り輝く道の先に、彼らと並ぶ自分が見えた。

初めての蜜月

「――トキハくん、君が好きだ。付き合ってほしい」

校舎裏に呼びだされてそういわれたのは、前期試験三日前のことだった。

相手は学年一のハンサムといわれる綾川仲彦だ。美男コンテストがあって決まったわけではないが、複数のクラスメイトがそういっていたので、目立つハンサムなのは間違いないだろう。

「付き合うって、俺と？」

「うん、君と」

綾川は堂々と真っ直ぐに立ちながらも、照れくさそうに顔をそらした。

大学に進学して一ヵ月――オッドアイに関しても紫眼に関してもそれほど悪くはいわれず、今日まで比較的平穏に過ごしてきた。気にしない振りをしてくれる人も少なからずいて、あの差別的な孤児院と同じ国とは思えないほどだ。

とはいえ、「君が好きだ」といわれておどろいた。

紫眼のことを努めて気にしないでくれているのと、好きになるのとはまったく違う。

そもそも大学は勉強をするところだ。恋愛をする場ではない。

それに、極めて少ないとはいえ女子もいる。同性の自分に交際を申し込むなんて、これは罰ゲームかなにかだろうか。

誰か物陰から見ているのではないかと、トキハは周りをうかがった。

周囲に人はいないが、二階と三階の窓が開いていて、複数の人間が覗き見している。

やはり罰ゲームなのかもしれない。

「遅れて入学してきた君に、一目惚れして……目の色はもちろん、なんて綺麗な子だろうって思ってた。でも講義や提出物で忙しいし、同性だし、考えちゃいけないと思っていたんだ」

育ちのよさそうな話し方の綾川は、耳を真っ赤にしながら告白までの経緯を語る。

これが演技だったら、その道で成功するのでは……と思うくらい本気に見えた。

二階や三階から、小さな拍手が起こる。「よくいった！」といっている者もいた。

罰ゲーム成功の拍手というよりは、綾川を純粋に応援しているように聞こえる。

これが本気の告白なのだとしたら、自分も真面目に返さなくてはならない。

にわかには信じられないが、真剣な告白には相応の返事をするべきだ。

「あの……その……」

初めての告白にトキハは動揺し、言葉の整理がつかなかった。

揺らぐものはなにもなく、頭にはシュアン・真紅の顔が浮かび上がる。

自分には好きな人がいて……でも学業を優先して会わずにいる。試験が終わったら会えるのを楽しみにしていて、それを励みに頑張っている。君の想いには応えられない——それが自分の気持ちだけれど、そのまま口にしていいわけではない。

トキハは目の前の彼を傷つけずに、けれどもきっぱりと断るための言葉を探した。

「気持ちは、ありがたいけど……でも今は、学業に専念したいんだ。俺は二週間以上も遅れて入学したし、試験のことで頭がいっぱいで……」

そこまで口にすると、「試験が終わったら考えてくれるかな？」と食い気味に迫られる。

言葉が足りなかったことに気づいたトキハは、「いや、あの、実は……心に決めた人が、もういるんだ」と断った。

「ああ……」と彼は絶望にうめくような声を漏らした。

トキハは、この告白が罰ゲームや揶揄（からか）いではないかという疑いを至極わずかに持っていたが、それが完全に晴れた瞬間だった。綾川の顔色が明らかに悪くなったのだ。

「ごめん、ありがとう」と声を振り絞った彼は、砂利音を立てながら踵（きびす）を返す。

小走りで去る背中に胸が痛んだ。

本気で自分を好きになってくれたんだと思うと、こちらのほうが礼をいいたいくらいだった。

他にもっと相応（ふさわ）しい断り方があったように思えてくる。一方で、曖昧なことをいって期待を持たせるよりも、このくらいはっきりしているほうがいいとも思った。

――シュアン様は、こういうのたくさん経験してるんだろうな……。

実は二人いるシュアン・真紅のどちらかに、「好きです」と告白して断られた人はどれくらいいるだろう。学生時代はきっと、こんなことが日常的にあったのではないだろうか。

――一人の人間を二人で演じるってことは、たぶん……兄が告白されたら、今日誰々にこんなことをいわれて、こう返したぞ……とか弟に報告するんだろうな。おかしな態度にならないよう、その日あったことを全部憶えて話すって……大変そうだ。

戸籍が一人分しかなかったからやむを得ず始めて、そのまま引くに引けなくなって今に至るシュアン兄弟の苦労を思うと、クラスメイトに告白された衝撃など吹き飛んでしまった。

試験が終わるまでなるべく考えないようにしていたのに、シュアンの美しい微笑みや優雅な立ち居振る舞いで頭がいっぱいになる。

二人揃ったところを一度も見ないまま彼の屋敷を去ったので、双子の兄弟といわれてもいまいち実感がなかった。

そこだけぼんやりしたまま……それでいて、シュアン・真紅という人の輪郭は胸に深く刻まれている。もちろん、体にも刻み込まれている。

「トキハ」

少し棘のある高い声で呼ばれ、はっと我に返った。

「上から見てたよ」といいながら校舎裏に現れたのは、同じクラスの桜だ。

相変わらず可憐な見た目でつんとすまし、面白くなさそうに唇を尖らせている。

「試験前にやるじゃん。しかも相手は学年一のハンサムで長身のお坊ちゃま。ほんといつまで経っても憎たらしい奴」

「そうなのか、知らなかった」

「そういうところがまたムカつくんだよね」

「自分こそ、いつも華やかな取り巻きを連れてるじゃないか」

桜の性格を考えたうえで持ち上げると、桜はフフンと鼻を鳴らす。

不機嫌な態度から一転、これ以上ないいくらい得意げな顔になった。

「まあねー、僕の可愛さはどこへ行っても通用するものだから。孤児院上がりだってことで、馬鹿にする奴らもいるにはいるけど、そういう低俗な連中はこっちからお断りだし」

「大した自信だな」

「だってほんとにモテるんだもの……それはそうと、試験の三日前に告白ってなんかあやしくない？」

「あやしい？　どういう意味だ？」

「試験絡みの妨害工作かもしれないってこと。告られると舞い上がっちゃったり、動揺したりするじゃない？　試験勉強どころじゃなくなるでしょ」

「――それは考えなかったな」

「そういうことも考えたほうがいいと思うよ、世の中には悪い奴いっぱいいるんだから。ま、綾川くんの場合は抜け駆けだろうけど」

「抜け駆け？」

「僕には遠く及ばないけど、アンタも結構モテるみたいだしね……紫眼とか気にしない帝都育ちの坊ちゃんとかさ、稀だけど何人かはいるわけ。綾川くん、試験のあとに告白したんじゃ遅いって思ったんじゃない？」

いや俺は全然モテてない――といい返しそうになったトキハは、自分に告白してきた綾川の真っ赤な耳を思いだす。

罰ゲームでもなく揶揄いでもなく、彼は本気だった。

告白する前は緊張し、断られたあとは絶望的な顔をしていた。

ああいった気持ちを否定するのは申し訳ない気がして、「そうか」とだけ呟く。

「あんな無下に断るなんてもったいない。シュアン様は大本命としてとっておいて、校内では軽い関係の彼氏たくさん作っておけばいいのに」

「……っ、それはあり得ない」

「まあ、アンタの場合はそうだろうね。結婚してるわけじゃないのに、お堅いんだから。若いうちはいろいろ試さなきゃ損だと思うけど」

「だからといって複数と同時に付き合うなんて……」

自分の口からするりと出た苦言が、次の瞬間ブーメランのように返ってくる。

桜がいう軽い関係の彼氏――とは性的行為まではしない交際相手と取れるが、自分はもっと深く重く、二人の男性と付き合っている。

今はまだ区別がつかず一人の人のようにとらえているものの、二人は二人であって、複数である事実に代わりはない。

常識的にいえば、桜よりも自分のほうが不埒なことをしていた。

「アンタってさ、勉強はできるけど損得勘定が下手っていうか、想像力が足りないっていうか、ちょっと馬鹿で向こう見ずだよね」

「——どういう意味だ？」

「一番偉い奴には媚び売ったほうがいいってこと。綾川くんは偉いってわけじゃないけど、目立つ立場の人間じゃない？　ああいう人から告白されたら、『とりあえず友達からよろしく』とか、上手くいってつながりを持っておけばいいのに。綾川くん敵に回すと怖くない？　絶対いい結果にならないの見えてんじゃん」

「彼は、お前とは違うと思う」

「彼のなにを知ってるんだか」

桜は「どうなっても知らないからぁ」と、呆れた様子で両手をひらりと上げる。

桜のいう通り綾川のなにを知っているわけでもなかったが——交際を断られたからといって、嫌がらせをしてきたりイジメまがいのことをしてきたりするとは考えられなかった。

それくらい彼の告白は高潔で真剣なものだったし、自分も誠実に答えられたと思う。

この大学には優秀な学生しかいないこともあり、心配することはなにもないと思った。

ここは選ばれし者の集う場所、学力だけではなく、人格的にも優れた傑物が揃っている――そう信じたかったトキハは、翌日から現実を知る。

綾川本人の姿は見かけなかったが、ハンサムで人気のある綾川からの申し出を断ったことで、周囲の態度が一変した。

朝から誰にともなく「おはよう」と声をかけるのが日課だったが、昨日までとは違って誰も返してくれなくなった。

逆に授業中は絡まれ、教師が黒板に向かうたびに後ろから紙飛行機やゴミを飛ばされる。最初は大したことのない嫌がらせだと思っていたが、いたく先の尖った紙飛行機が真横から飛んできたときはひやりとした。

こめかみに刺さったからよかったものの、あと少しずれて目をやられていたら大変なことになっていたはずだ。

休み時間になると、無視と同時に、あえて聞かせるための会話が耳に入った。

「綾川くん昨日から熱出して、実家に帰ってるらしいぜ。かわいそうだよなぁ」

「どこの馬の骨ともわからない奴に、まさか振られるとは思ってなかっただろうな」

「屈辱だよなぁ、普通の神経してたらありがたく受け入れるぜ。孤児の分際で何様だよ」

少し離れた場所で大きな声で話すクラスメイトに、トキハはなにかいうべきか迷っていた。

こんなときどうするのが正解かわからない。

熱を出しているという綾川が心配なので、「綾川くん大丈夫なのか？」と訊いてみたかったが、そんなことをいうと傲慢に思われるかもしれない。かといって黙っていれば冷たいと思われて、ますます悪くいわれるかもしれない。

「あの……っ、綾川くんは……」

たとえどうとらえられようと気遣うべきだと思い、勇気を出して声をかけてみた。

すると集団の全員が一斉に目元を隠し、「不吉な目で見んなよ！」と吐き捨てる。

子供の頃、毎日のようにいわれ……当たり前のようにいわれ慣れている言葉が、今はひどく刺さった。

この学校は特別だと思っていたのに、本質的には孤児院と変わらないのだ。

迫害されずに済んでいた昨日までの自分は、様子を見られていただけだった。

ささいなきっかけで関係値は変わり、パワーバランスも変化する。

裕福な家の出身者が多い中、孤児というだけで低く見られていたのだ。オッドアイや紫眼といったマイナス要素を持つ分、桜以上に上手く立ち回る必要があったのかもしれない。

だからといって綾川の告白を受け入れることはできないけれど、彼のプライドを傷つけないようもっと気を遣えていたら、結果は少し違ったのではないだろうか。

――俺が悪いんだ。誰かを好きになって告白するって、すごく勇気の要ることだし、とてもありがたいことなのに……十分に感謝を伝えられなかった。それどころか無意識に迷惑そうな顔をしてたかもしれない。せめて友達になりたいともいえなかったし……他に心に決めた人がいるとか……そんなことといわなくても、もっと他にいいようがあったんだ。

思いやりが足りず、自分を好きになってくれた人を傷つけたなら――反撃されても村八分にされてもしかたないと思った。

それが綾川本人によるものであろうと、彼の取り巻きによるものであろうと関係ない。

今の自分は紫眼の孤児だから迫害されているのではなく、綾川への態度がよくなかったから迫害されているのだ。

そうだとしたら、それは理不尽なイジメとは違う。

耐えなければならない罰だ。

――綾川くんが出てきたら、改めて考えよう。謝るべきなのか、謝ると傷を抉るようでよくないのか……どちらなのかを見極めて、綾川くんにとって一番いい対応を取ろう。俺なんかが察することができるかわからないけど……自分本位にならないように考えたい。

午前の授業がどうにか終わり、トキハは学食で一人食事を摂る。

綾川のことが気になるが、今は迫る学科試験に備えなければならなかった。

友人同士で問題を出し合ったり過去問の情報を共有したりと、学食は活気に満ちている。

学年が入り乱れていることもあってか、学食ではなんの嫌がらせもなかった。

トキハは赤やオレンジでマーキングしたテキストにブルーの暗記シートを被せ、食事中も黙々と復習する。

小テストなどは頻繁に行われているが、順位が貼りだされる正式なテストは今回が初めてだ。入学が遅れた分、急いで覚えなければならないことが山ほどあった。

綾川のことで心を乱している余裕はなく、ただでさえ胃がキリキリとしている。

――試験が終われば一時帰省できる。シュアン様の屋敷に戻って、兄弟揃った状態で会える。

でも、成績上位じゃなきゃ駄目だ。十位以内に入れなかったら、帰省しない。

トキハは自分で目標を決め、到達できなかった場合の罰則も決めて、暗記シートを少しずつずらしていく。

そうしながらカレーを食べていると、窓から日が射してきた。

雲が動いて急にまぶしくなったので、席を移動したくなる。

けれども学食内はざわついていて空きは少なく、いい移動先が見つからなかった。

しかたなく日に当たりながらテキストを見ていると、次第に意識がぼんやりとしてくる。

学食には暖房が利いていることもあり、睡眠不足の身にはつらかった。

よくよく見れば、隅っこの席で寝ている学生もちらほらいる。

――駄目だ……急に眠気が……。

ほかほかの白米の香りと、やや甘ったるいカレーの香りが、日差しを受けてますます高まるようだった。

これぞまさに睡魔と呼べる眠気に襲われ、かくんと大きく頭が落ちる。

気を取り直しても再び頭が落ちてしまい、理性をかき集めてどうにかスプーンを手にすると、眼下のカレーが真っ白に変わっていた。

「――え？」

はっと気づいたときには手遅れだった。

うとうとしていたのはほんの一瞬なのに、その間にカレーがティッシュで覆われている。

使用済みの丸めたティッシュが十数個カレーの上に置かれていて、じわじわと汁気を吸って黄色くなっていた。

「……ぁ」

周囲を見回そうと思ったが、それもできずに視線が固まる。

綾川の友人や取り巻きなのか……知っている人間かどうか、うつむいていたらわからない。

急いで顔を上げて左右を見渡せばわかったかもしれないが、わかったところでなにができるわけでもないのだ。

コイツが犯人だと指を差すことなどできない。文句の一つもいえない。

自分がここでも嫌がらせの対象になったことがショックで、石のようになってしまった。

――孤児だとか、オッドアイだとか、紫眼だとか……俺には嫌われる理由がいくつもあって、油断したら生きづらくなるってわかってるのに、しくじった。まだ一年の前期なのに、この先やりにくくなるようなことを……。

食べられる状態ではなくなったカレーを前に、指一本すら思うように動かせなくなる。

これくらいのことでショックを受けていてどうするんだ、いちいち気にするな――と、叱咤激励する強気な自分もいたが、それは少数派のようだった。

自分の中の大部分は、黄色くなったティッシュの向こうに、この先の四年間を見ている。

子供のころのようなことがまた起きるんだ、また続くんだと思うと、スーッと下がった血の気が戻ってこない。

――昔もあったな、こんなこと……。

ハルニレ学園にいたころも、食事中に寝てしまったことがあった。

今のように悪戯されたわけではなかったが、睡眠不足でスープ皿に顔を突っ込み、教室中の全員に笑われたものだ。

指を差され、腹を抱えられて、「必死すぎだろ」「そこまで無理して勉強するなんて、バッカみたい」「ガリ勉野郎」といわれたのを昨日のことのように憶えている。

暗記しなければならないもの以外は忘れてしまいたいのに、いやなことほど鮮明だ。

黄色く染まったティッシュの山も、ことあるごとに思いだす悪い記憶として残るのだろう。

――片づけないと……。

浅い呼吸を繰り返すとようやく動けるようになり、立ち上がってトレイを持ち上げた。

返却口に向かって歩く間、周囲の視線に気づかない振りをする。

どんな目で見られているか、考えたくなかった。

嘲りであれ憐れみであれ、悲しくてしかたがない。

勉強してせっかくここまで来たのに、あまり変わっていない自分がいやだった。

好きだといってくれた人を傷つけてしまったこと、上手く立ち回れないこと、たった一つの嫌がらせで世界の終わりを迎えたみたいに沈んでしまっていること――ここから逃げて、早くシュアン様に会いたいなんて甘えたことを思っているのも、全部、全部好きじゃない。

――一生ついて回る、自分……孤児だって経歴も目の色も、好き嫌い関係なく俺のものだ。

生まれ持った体一つで、生きていかなきゃいけない。勝負していかなきゃいけない。

食堂はざわざわと騒がしく、その中に自分に関する発言があるのがわかる。

オッドアイだとか、綾川くんがどうだとか、うっすらと聞こえた。

それでも振り向かず、トキハは教室に向かって歩く。

やるべきことは決まっていた。

自分はこの大学に、勉強するために来たのだ。

試験勉強に集中して、よい成績を取る。そしてシュアンに会いに行く。

未来を切り拓くために在る学校で、うつむいてしょ気ているようでは駄目だ。

周囲を黙らせる方法はわかっているのだから、今は勉強するしかない。

「――ねえ、ちょっとぉ」

教室に帰る前にトイレで手を洗っていると、桜が話しかけてくる。

試験勉強に集中しようと決めた直後なのであまり話しかけられたくなかったが、なんとなく心配してくれているようなニュアンスだった。

「見てたよー、早速いやがらせされてるし」

「……大したことじゃない」

「これから四年間、あんな調子じゃきつくない？　やっぱさぁ、綾川くんに謝りなよ。『まずは友達からお願いします』とか、手紙書いて許してもらって、とりあえず学校限定の軽い関係の彼氏になってもらえばいいじゃん」

「友達はともかく、彼氏とか……軽い重いにかかわらず、無理だ」

「ここではそこそこモテてたのに、もったいない。僕なんか彼氏十人もいるよー。そのくらいいると安心感すっごいの」

桜はそういって鏡に近づき、くるくると髪をいじった。

十人といわれておどろいたが、世の中にはそういった付き合い方もあるのだと、一つ勉強になった気もした。

二人のシュアンと付き合っている自分と比べてどう違うのか、もう少し聞いてみたくなる。

「複数の人間と付き合うって、どんな感じなんだ？　罪悪感とか、ないのか？」

問いながら、自分は罪悪感を持っていると思った。

相手がいいといっているのでそれほど大きなものではないけれど、複数の人間を相手にしていることに変わりはない。

トキハの感覚ではふしだらで、優柔不断で、よくないイメージが強かった。

「罪悪感とか全然ないよ、そこまでシリアスな関係じゃないし……秘密だったらどうかわかんないけど、僕の場合はオープンにしてるしね」

「そうか……」

「軽い彼氏、作る気になった？」

「いや、ならない。ただ、どういう気持ちなのかなって思っただけだ」

「お堅いなぁ……まあ、どういう気持ちかと訊かれたら、『今は最高！』かな。でも、いつか切ないことになるのは間違いないからねー」

「切ないこと？」

「最終的には誰か一人選ばなきゃならないから」

「――誰か一人」

「そりゃそうでしょ？」

「今は深く考えないようにしてるけどね。このままずっと大勢と付き合っていられたら、最高なんだけどなぁ」

「……そう、だな」

鏡越しに返された言葉は、少し意外なものだった。

今は有頂天になっている桜も、冷静に先を見ているらしい。

当然のこととして、いつかは一人を選ばなければならないと思っているのだ。

——俺は、選ばなくてもいいいんだ……兄か弟か、どちらかに絞る必要はなく、切ない別れを経験する必要もない。それはたぶんすごく幸せで、恵まれたことで……ただ、自分の中の道徳的な部分が、罪悪感を持たせようとしてくる。

大切なシュアン兄弟との関係も、綾川のことや今後の学校生活のことも、今考えても意味のないことを考えるのは、もうやめようと思った。

わざわざネガティブにとらえることはない。

それにもし考えるにしても、今ではない。今するべきことは試験勉強だ。

二週間遅れで入学した身で、十位以内に入らなければならない。

それができなければシュアンに会うことすらできないのだ。

自分で決めた強制力のない罰則だからこそ、絶対に破れない。もしも駄目だった場合は兄も弟もなく、どちらのシュアンとも会えずに次の試験を待つ破目になる。

前期試験の前日になっても、クラスメイトからのいやがらせは続いていた。

授業中に紙飛行機やゴミを投げつけられるだけではなく、今日は水鉄砲で頭を撃たれた。

びっくりするだけでさほど痛くはなかったが、髪や制服が濡れるとみじめな気持ちになった。

憧れの大学で、幼稚な悪戯をしてくるクラスメイトや、おそらく気づいているのに見て見ぬ振りをする教師にがっかりした。

ここは特別な学校……国を変えたい、支えたいといった明確な目標を持ち、懸命に努力する者だけが通える場所だと期待しすぎていたのかもしれない。

実際には、要領よく勉強ができるだけの子供の集まりだった。

したたる水をハンカチで拭いながら、トキハは授業を受け、試験勉強も続けた。

くだらない悪戯はあったものの、どうにか無事に昼食を迎える。

昨日のように隙を見せてはいけないと思い、今日は眠気に負けず黙々と食事を摂った。

試験は明日、一日で六教科すべてが終わる。

水をかけられても風邪など引かないよう気をつけて、ベストな状態で挑みたいと思った。

クラスメイトの志が見えないからこそ余計に、そういった連中に負けたくない。

——午後の授業さえ終われば寮に帰って一人だ。あと少し……。

昼休みの終わりに食堂から教室に戻るときは、背中に岩を乗せているようだった。またなにかされるのかと心の底で怯え、平気な振りをして教室に戻る。

なんとなく空気が張り詰めているように感じたが、最初は憂鬱な気分のせいかと思った。どんな色でもグレーに見えてしまいそうな目に、不穏な光景が飛び込んでくる。

高そうな財布を手にしている桜を取り囲んで、クラスメイトが声を荒らげていた。

「手癖が悪い泥棒猫！　これだから孤児と同じクラスなんていやだったんだ！」

ひどい言葉に耳を打たれる。

桜がキンキンと高い声で、「ふざけんな！　僕じゃないってば！」と叫んでいた。

強気ではあったが、かなり動揺しているのがわかる。財布を持つ手が震えていた。

孤児院ではイジメグループのリーダーだった桜が、なじられている姿は衝撃だった。

以前とは別の世界にいるんだと痛感すると共に、そこにいるのが自分じゃなくてよかったと思ってしまった。

孤児院にいたころ、文房具などを机に勝手に入れられ、泥棒扱いされたことは何度かある。

現金が存在しない学び舎だったので物で済んだが、それでもいたくつらかった。

自分は犯人ではないし、誰が仕組んだ悪戯かもだいたいわかっているのに、もし誰も信じてくれなかったらどうしようかと不安になるのだ。どうやって説明をするか、うろたえる様子が犯人っぽく見えるのではないかと怖くなり、冷や汗を垂らす感覚を今でも覚えている。

「お前じゃなけりゃ誰が盗ったっていうんだよ⁉　お前さぁ、俺が財布出すたびチラチラと見てたよなぁ？　安物しか持ってないから欲しかったんだろ？　財布も中身も！」

「見てないっての！　自意識過剰なんじゃない⁉　誰がこんなセンス悪い財布なんか！」

「なんだと⁉　お前、ちょっとチヤホヤされてるからって調子に乗るなよ！　お前なんか俺がその気になったらいつでも退学にできるんだからな！」

「はぁ⁉　アンタそんなに偉いわけ⁉　やれるもんならやってみな！」

集団に取り囲まれている桜は、財布の持ち主らしい山野辺といい争う。

おそらく勝手に鞄に入れられた財布を、山野辺に向かって叩き返していた。

「おい！　中身が減ってるぞ！　ちゃんと返せよ、土下座して謝れ！」

「本来なら警察沙汰だよなぁ……っていうか退学ものだろ？」

山野辺の友人の高倉が「退学、退学！」と声を上げ、同じく友人の宮林は、「そもそも孤児が大学とか生意気だし、官人になろうとか夢見んなっつーの！」と嘲笑う。

その言葉はトキハにも向けられていて、冷たい視線は桜とトキハに分散していた。

教室にいたくなくて昼休みいっぱいを食堂で過ごしたトキハが盗みにかかわっているはずがないのに、「コイツも共犯なんじゃねぇ？」と疑いの目を向けられる。

自分が被疑者でなくてよかった、とつい思ってしまった気持ちを見抜かれ、その罰を受けているかのようだった。

「――俺は関係ない。桜も、ひと様の財布を盗むような奴じゃない」

なにも悪くなくても胃のあたりがギュウギュウと締めつけられ、吐き気が込み上げてくる。下手をしたら昼食を戻しそうな気持ち悪さに耐え、「絶対にやってない」と断言した。

「トキハ……」

「俺たちが孤児なのは事実だけど、だからこそ……俺たちのような孤児が、ここまで来るには並大抵の努力じゃ足りないんだ。俺も桜も、夢や志があってここに来てる。寝る間も惜しんで必死で勉強してきたんだ。こんなつまらないことで、せっかくの人生を棒に振るわけがない。そんな馬鹿だったら、ここにはいない！　絶対だ」

走馬灯のようによぎる孤児院での日々が、瞼を熱くさせる。

心から噴き上がる言葉を、胸を張って堂々と口にしたが、本当は怖かった。

口を出すことでかえって大事になり、退学問題に発展したらと思うと生きた心地がしない。でも、それでもきっぱりといいたかった。幼稚でくだらない悪戯やいやがらせによって、素晴らしいはずの大学生活を台なしにされたくない。

トキハは山野辺をにらみ据え、彼が手にしている財布を指差す。

「どうしてその財布が桜のところにあったのか、白黒はっきりさせるためにちゃんと調べたらどうなんだ？　この教室には監視カメラがついてる。警備の人に頼んで録画したものを見せてもらおう。場合によっては警察沙汰にしたほうがいい」

望んでいないことをあえていい切ったトキハの前で、山野辺は決まり悪そうに目をそらす。

小声で「そこまでしなくても……」と呟いたかと思うと、「うぜえなぁ」と舌を打った。

挙げ句の果てに、「孤児が偉そうにしてんじゃねぇよ！」と唾を飛ばして威嚇する。

いわゆるキレた状態に周囲は引いて、教室中がシーンと静まり返った。

「中身が足りないんだろう？　犯人を捕まえるために調査してもらうべきだ」

うやむやにはさせないつもりで踏み込むトキハに、桜も「ほんと、そうして」と進み出る。

山野辺は怒りにぶるぶると震え、「お前らもなんとかいえよ！」と友人を恫喝した。

「――おい、みんなどうしたんだ？　なにかあったのか？」

午後の授業開始時間が迫る中、意外な人物が現れる。

実家に帰って寝込んでいるといわれていた、綾川伸彦だった。

学年一のハンサムの登場に、取り巻きたちが「綾川くん！」と沸く。

トキハと桜と山野辺を囲んでいた人波は崩れ、瞬く間に綾川が囲まれた。

「もう大丈夫なのか？」「無理してないか？」と心配する声がいくつも重なる。

これまでとは別の緊張が走り、トキハは拳をぎゅっと握り締めた。

綾川は盗難騒動には気づいていない様子で、トキハを見るなり人を割って近づいてくる。

わずかの間にやつれていたが、しっかりと目を合わせて「トキハくん、授業のあとちょっといいかな？」と声をかけてきた。

以前と変わらず、やわらかくて品のよい話し方の彼を前に、トキハはごくりと唾を呑む。

今度こそ対応を間違えないようにしなければと、自分の胸にいい聞かせた。

教室中の注目を浴びながら、「うん、わかった」と答える。

直後に教師がやって来て、財布の盗難騒動は曖昧なまま終わった。

桜が犯人ではないこともトキハが共犯ではないこともわかり切っているので、授業のあとに蒸し返す輩はいない気がした。

トキハとしてはむしろ徹底追及して、桜を犯人に仕立て上げようとしたクラスメイトに謝罪させたいくらいだったが、桜本人が面倒くさそうな顔をしていたので放っておくことにした。

教師が来て一番ほっとしているのは、想定外に大騒ぎした山野辺かもしれない。


午後の授業が終わったあと、トキハは綾川と一緒に校舎裏に行った。

他には誰もいなかったが、また二階や三階の窓が開いていて、上から視線を感じる。

告白されたときとほぼ同じ位置に立ち、同じように向かい合った。

わざとそうしたわけではなく、互いのパーソナルスペースに従って立ち止まった結果だ。

まるで二日前をもう一度やり直しているかのようだった。

「――ごめん、本当に悪かった」

この場所で、「君が好きだ。付き合ってほしい」といった綾川が、同じ勢いで謝罪してくる。

頭まで下げられ、トキハはびっくりして「え?」としかいえなかった。

なにが? なんで君が謝るんだ――言葉は浮かんでいるのに、口が思うように動かない。

「僕が……君に振られて実家に帰ったせいで、君が嫌がらせを受けてるって聞いて……急いで戻ってきたんだ」

綾川はそういってハンカチを取りだすと、ぎごちない動作で顔を拭く。

寒い季節にもかかわらず、額に汗が浮かんでいた。

「僕が過剰にショックを受けたせいで、つらい目に遭わせてしまって悪かった。僕は、正直なことをいうと……振られるって考えてなかったんだ」

「――え?」

「傲慢だったんだ。君に一目惚れしたし、すごく好きだけど、たぶん……いや、間違いなく、下に見てた」

綾川はさらに言葉を絞りだすように、「君が孤児だから」といった。

ああ……と、トキハは彼の想いを自然に受け止める。

綾川のような立場に立ったことはないけれど、なんとなくわかる気がした。

自分がもしもすべてを持っている人間だったら、孤児院育ちのクラスメイトを気の毒な身の上だと思ったかもしれない。

同情は差別と紙一重だ。

やさしさの膜を被りながら、持たない者の心を刺しつらぬいたりする。

「本当に、悪かった」

直角に近いほど頭を下げる綾川に、トキハはあわてて手を伸ばした。

そんなことをしてほしくなくて、「もういいんだ」と声をかける。

たった二日間とはいえ、クラスメイトからいやがらせを受けたのは残念だったが——綾川の今の告白にはうれしい部分もあった。

不吉とされるオッドアイで紫眼の持ち主であることで蔑まされてきたトキハにとって、その点では悪くも低くも見られていなかったことがうれしかった。

孤児だということよりも強い自分の個性を、否定されたり下に見られたりするほうがずっと悲しいからだ。思い返せば彼は、「目の色はもちろん、なんて綺麗な子だろうって思ってた」と、そういってくれたのだ。

「トキハくん……あの、怒ってる、よな?」

「いや、全然」

「あ、ありがとう……僕は、こんな、どうしようもない選民意識を持っていた自分を、見つめ直し、鍛え直したいと思ってる。本当の意味で、官人に相応しい人間になりたいんだ」

「うん」

「こんな僕でよかったら、友達になってほしい」

そういって差しだされた手を、トキハは迷わず握る。

頭上からヒューッと口笛が聞こえてきて、見上げるとそこに桜の姿があった。


前期試験が終わり、トキハは無事に帰省することができた。

結果は四位で満足してはいないものの、ひとまず目標はクリアした。

試験後にはラブレターを何通か手渡されたが、一人ずつ丁寧に断って今に至る。

「おかえり、試験お疲れ様」

「おかえり、よく頑張ったな」

官人養成大学の寮を出て一時帰省したトキハを待ち受けていたのは、使用人が一人もいない大きな屋敷と、鏡に映したようにそっくりな二人のシュアン・真紅だった。

「俺は兄のシュアン」

「俺は弟のほうで、固有の名前はブラッド。どう呼んでくれても構わない」

屋敷の入り口で二人揃って迎えてくれたシュアン兄弟の姿に、トキハはただただ圧倒される。

差しだされた手にほとんど無意識に応じて、最初は兄と、次は弟と握手を交わした。

しかし口はなかなか開けなかった。

おかえりといってもらえたのがうれしくて、かといってすんなりと「ただいま」といったら厚かましい気がして——最初の一言が出てこない。

「……は、初め、まして……いえ、初めてじゃないですけど、どうぞよろしくお願いします。春楡（はるにれ）トキハです」

結局「ただいま」とはいえず、握手のあとで深々と一礼した。

つい先日与えられたばかりのフルネームを名乗ると、なんだか胸が熱くなる。

苗字のあるきちんとした一人の人間として顔を上げ、まじまじとシュアン兄弟を見つめた。

頭では理解し、覚悟もしていたはずだったが、まったく同じ顔の人間が二人並んでいる姿は衝撃的なものだ。

これまで見てきた、どんな双子とも違う。これほど神様に愛された美しい双子は初めてで、こんなに優れた人が二人もいるという事実に改めておどろかされた。

一人だけでもすごいのに、二人揃うと二倍以上の迫力を感じる。

大学にも背の高いハンサムはいるけれど、やはりシュアンは大人で……余裕と気品があって、貫禄（かんろく）が桁違いだった。

なにより、シュアン兄弟には目に見えないオーラがある。

幼いころに、魔王のようだと畏怖したのを思いだした。実際には優しくて善良な人だったが、独特の威圧感は健在だ。

「ただいまとはいってくれないのか？」

口を揃えて同じことをいうシュアン兄弟に、トキハはさらに圧倒される。

さすが二人で一人として生きているだけあって、息がぴったりだった。

「――あ……た、ただいま……帰りました」

こんな立派な屋敷を我が家のようにいうのは、本当に抵抗がある。

いったそばから恥ずかしさとうれしさが入り混じる、申し訳ない気持ちになった。

もじもじとしていると、ブラッドから「堂々として」と肩を叩かれる。

位置が変わったら見分けがつかなくなりそうなくらい同じ顔で、兄のシュアンは「そうそう、ここは君の家なんだから」といってくれた。

「俺は君のしゃんとしたところが好きなんだ」と、ブラッドがいう。

「つらい状況でもくじけずに顔を上げ、にらみつけるくらい気迫があって、性根が据わってる。そういうところに惚れたんだよ。気の強い美人が大好きなんだ」

さらに褒めてくれるブラッドに、トキハは「ブラッドさん」と声をかけた。

兄のシュアンは様付けなのだから、ブラッドも様付けで呼ぶべきでは……とすぐに思ったが、自然と口から出たのは「ブラッドさん」だった。

「その呼び方からして、俺に対して親しみを持ってくれているんだな」

「あ、いえ……その、すみません。なんとなく」

「それでいい。なんとなくという感覚は大事だ」

ふっと勝ち誇ったように笑うブラッドに、シュアンは「いいほうに考えすぎじゃないか」と呆れた顔をする。

「兄さんは俺より頭が固いからな。トキハも取っつきにくいんだろう」

「俺たちの差がわかるのはこれからだ。現時点ではおそらくなにもわからない」

そうです、その通りです——とシュアンに同意したくなったトキハは、少しだけうなずく。するとトキハの同意を得たシュアンが得意顔をして、弟のほうは眉をひそめた。

二人で違う表情をしていると、ようやく双子の兄弟という感じがしてくる。

当たり前だが二人は別の人間で、それぞれに人格がある。普通の兄弟よりも……そして世間一般の双子よりも遥(はる)かに同調意識が高いと思われるが、なにもかも同じなわけではない。

「早速だが、君の帰省中はメイドが一人もいないんだ。だからというわけじゃないが、今夜は外で夕食を摂らないか？　俺とブラッドと三人だけで」

「外……って、外食ですか？」

「いやまさか。俺たちが二人揃ったところを他人に見られるわけにはいかないからな、外っていうのはそのままの意味だ。庭でキャンプスタイルの夕食を摂ろう」

「キャンプスタイル？」

「要するにバーベキューをしようってことだよ」

シュアンの言葉にブラッドが補足して、トキハはようやく理解する。

同時に、他人という言葉に強く反応していた。

こうして二人揃ったところを見ている自分は、彼らにとって他人ではないということで……

それは「おかえり」という言葉と一緒になって胸に沁みてくる。

「バーベキューとか、したことないです」

「そうかなと思って、俺が提案したんだ」

ブラッドがまた得意げにいうと、シュアンが「いや俺だろう」と反論する。

俺が先だ――といい合いになっていたが、この二人ならまったく同じタイミングで思いつき、
同時に「バーベキューをしよう」と提案してもおかしくないと思った。

「そっくりだけど違っていて、面白いですね」

トキハが笑うと、俺が先だと争っていた二人がぴたりと止まる。

面白いというういい方は失礼かと思ったが、二人はまんざらでもない顔をしていた。

「二人揃って誰かと会うのは、子供のとき以来なんだ」

「だからなんだかうれしい。俺たちもテンションが上がってる」

「面白いといわれると別人のような感じがして、確かにうれしいな」

「好きで同一人物やってるわけじゃないからな」

シュアンとブラッドの言葉に、トキハは胸をなで下ろす。

見分けがつくところまではいかなくとも、一歩前進できた気がした。

個人宅の庭とは思えないほど木々の多い林の中で、シュアンとブラッドは協力してタープを張り、着々とバーベキューの準備をする。

トキハは食材を入れた大きなクーラーボックスを押して運び、未経験ながらにできることを手伝った。タイヤのついたボックスをそうっと開けると、中にはすでに串に刺された海産物や肉、野菜がずらりと入っていた。肉の赤、野菜の緑や黄色が色鮮やかで、まるで宝箱だ。

「トキハ、寒くないか?」

「はい、大丈夫です。動いてるのでホカホカしてます」

「日が暮れると一気に気温が下がるから、あまり汗をかかないように気をつけろ」

「はい。あ、もうすぐ日没ですね」

シュアンの言葉に西の空を見たトキハは、冬空が真っ赤に染まっているのを目にする。

声をかけてくれたのが兄のシュアンだとわかったのは、彼がブラッドと色違いのエプロンをつけているからだ。シュアンは紺、ブラッドは赤、トキハは白。デザインが一緒でもきっぱり色が分かれていて、容易に見分けがつく。

「兄弟二人でバーベキューとか、キャンプとか、よくやられるんですか?」

「よくでもないけどな、時々やる。そのために林のある家にしたんだ」

「子供のころにできない環境だったから、これが一番の贅沢で」

スラム育ちだといっていたのが嘘のように優雅な二人を見つめながら、トキハはパチパチと音を立てるグリルで暖を取る。

日が落ちるにつれ風が冷たくなったが、囲炉裏タイプのローグリルからは炭火の熱気が絶えず流れてきた。

焼かれる肉はジュウジュウと音を立てて脂を滴らせ、ホイルで包まれたホタテは、バターとしょうゆの香りを立てている。パプリカの赤やコーンの黄色が夜目にも鮮やかで、混ざり合う香ばしい匂いに食欲をそそられた。

「外で食べると、インスタントスープでもなんでも旨く感じるよな」

「今夜はインスタントじゃないけどな。トキハに旨いスープを飲ませたくて、朝から仕込んだ特性コンソメスープだ」

シュアンは肉をトングで引っ繰り返し、ブラッドは鍋の中身をかき混ぜる。

トキハが手伝おうとすると、「せっかくの休みなんだから座ってて」「そうそう、火傷したら大変だ」と気を使ってくれた。

「俺は孤児院でキャンプファイヤーをやったことはあるんですけど、外でなにか食べるとかはあまりなかったです。秋に焼き芋大会があるくらいで」

「焼き芋か、それもいいな」

「来年の秋にぜひやろう」

シュアンとブラッドにそういわれ、トキハは「はいっ」と上ずりながら答える。

来年の話をしてくれたことがうれしくて、なんだか夢でも見ている気分だった。

本当に来年も彼らと一緒にいて、またこんなふうに過ごせるのだろうか。

当たり前に一緒にいるシュアンとブラッドを見ていると、自分はまだお客様のような扱いで、来年のことまで想像が追いつかなかった。

熱々の牛肉や野菜を取り分けながら、二人はトキハが大学や学生寮でどんなふうに過ごしているのかを知りたがり、朝から晩までのスケジュールを訊いてくる。

最初は学業の面で心配させているのかと思ったが、二人は「そこは心配していない」と口を揃えていい、「知りたいのは悪い虫がつかないかどうかだ」と、またしても口を揃えた。

「本当に息がぴったりなんですね」

思わず笑ってしまうトキハを前に、シュアンとブラッドはお互いのことをじろりとにらんで、真似するなといわんばかりな顔をする。

一人だけと会っていると完璧な印象の人なのに、兄弟揃うとなんだか不思議で面白い印象になっていて、トキハの緊張はだいぶほぐれた。

こうして会う前は、道徳的なことなど気になっていたけれど、今は笑ってばかりいる。

悪い虫についてはなんと答えるのが正解かわからなかったが、「告白とかラブレターとか少しありました。ほとんど男子からでしたが、女子からも一通もらって」と正直に話した。

「女子からも？　それはまた、センスのいい子がいるんだな」

「そうだな、見る目がある女子だ」

シュアンとブラッドは感心したようにいいながらも、すぐに「断ったんだろうな？」と同じタイミングで訊いてくる。

「はい、丁重にお断りしました。男子のも女子のも全部」

「よかった。それを聞いて少しは安心した」

「――少しですか？」

「少しだな。これからも想いを寄せられることはあるだろうし、断られても諦めない輩もいるかもしれない。美しい恋人を持つと心配だ」

そういったシュアンに、ブラッドが「その通りだ」と大きくうなずく。

スープを取り分けてトキハに渡したブラッドは、「しつこいのがいたら、いうんだぞ」と、真面目な顔でいった。

「子供のころに、シュアン様がいってくれたように……オッドアイや紫の目を、悪く取らない人も大勢いて……いい学友もできたんです」

香り高いコンソメスープにフーフーと息をかけて冷ますトキハを、二人はやわらかい表情で見守ってくれる。

まるで自分のことのようにうれしそうに笑って、「よかったな」といってくれた。

グリルの上の肉や野菜を食べながら、トキハは学生生活について二人に話す。

会話が途切れそうになると質問が飛んできて、話が尽きることはなかった。

スープも肉もおいしくて頬が落ちそうになり、自然と笑顔になれる。

けれども、大方食べ終わると空気が変わった。

トキハは二人の視線の変化に気づく。

にこやかに話を聞いてくれていた二人は、いつの間にか硬い表情になっていた。

それはなにか特別なことをいいたげな表情で、示し合わせたようにも見える。

あらかじめ決まっていた流れなのだと、察することができた。

「――トキハ、改めて君に謝りたいと思ってる」

椅子に座ったまま少し前のめりになったシュアンが、思いつめた顔でいう。

ブラッドも同じ動作と表情を見せ、そのままぴたりと動かなくなった。

食材がなくなったグリルの底で、炭が絶えず火を熾し、熱した空気を送ってくる。

誰もしゃべらず、しいんと静まり返る数秒が長く感じた。炭の音がやけに大きく聞こえる。

「寒いだろう？　ひざ掛けを使って」

シュアンがひざ掛けをくれたので、トキハはウールのそれを膝の上で広げた。

改めて謝りたいことがなんであるかは、いわれなくてもだいたいわかる。

謝ることなんてなにもないと思うけれど、黙って二人の言葉を待った。

「同一人物を演じていることを君にいえないうちは、手を出すべきじゃなかった。男娼館で、やむを得ず君を抱いたブラッドはともかく……それを知っていながらあとから手を出した俺の罪は大きい。潔癖な君に、複数の人間を相手にする罪を犯させてしまった」

シュアンはトキハが思っていた以上に深刻ないい方をして、「悪かった」と眉を寄せる。

トキハは無心で首を横に振り、ブラッドは「俺も悪い」と顔を曇らせた。

「兄さんが、子供のころからトキハに目をかけていることを知っていて手を出した。男娼館のオークションの際、抱かずに済ます手を考えなかった。兄さんと違って……以前からトキハのことをそういう意味で意識していたわけじゃないのに、かっさらうような真似をした」

ブラッドまでそんなことをいうので、トキハはさらに大きく首を横に振る。

孤児院の図書室で語り合ったシュアンが、自分に目をかけてくれていたことも、ブラッドが初めての相手になってくれたことも、今はただうれしく思う。

ブラッドと先に関係を持ったと知っていながら、あとに続いてくれたシュアンの気持ちも、とてもうれしい。

罪悪感が伴う行為でありながら、そうせずにはいられない衝動があったのなら……それほど光栄なことはない。

二人の中で理性が衝動に敗北したことを、心からよろこべた。

「俺は、これまで出会ったどのシュアン様も好きなので……実は一人じゃなかったと知っても、罪悪感なんて抱きません」

「トキハ……」

「そういうの感じたほうがいいのかなとか、人として感じるべきなのかなと思ったりしたけど、本当は感じてないんです。それが正直なところなんです」

シュアンとブラッドを交互に見ながら胸の内を語ると、ほっとした表情が返ってくる。

自分の気持ちを上手く言葉にできたか心配だったが、無事に伝わったようだった。

やわらぐ二人の表情を見ていると、かつて感じたことのない幸福感を覚える。

三人で過ごす時間は心地好くて贅沢で——この関係に、余計な重荷なんて少しもいらないと思った。


屋敷に戻って寝室で二人になり、唇を重ねる。

トキハを抱く順番はコインに委ねられ、今夜はシュアン、明日はブラッドと決まっていた。

トキハは明後日の夜までに寮に帰らなければならないので、彼らと一緒に過ごせるのは二晩だけだ。

本当は一週間でも二週間でもここにいたいけれど、恋愛にうつつを抜かしていい身ではない。念願叶(かな)って大学に行けたのだから、欲求は抑えて、どうにかこらえて……その分、滞在中は甘い時間に溺れたかった。

「……ん、ぅ」

天蓋付きのベッドの上で、トキハはシュアンと絡み合う。

お互いが着ているバスローブに手をかけ、薄闇に紛れて肌を暴いた。

覆い被さるシュアンの体は厚みがあって大きい。そのたくましさを恐れることなく、優しく包み込んでくれる存在として感じられることがうれしかった。ともすれば怖いくらい強そうに見えるのに、今の自分にとっては頼もしいばかりだ。

「ふ、っ」

顔を交差させて深めていくキスが、体の中心に火を灯(とも)す。

シュアンの口内を探れば探るほど肌が燃え、雄は蜜を滴らせた。

うなじに手を伸ばすと、少し体重をかけられる。筋骨の重さや滑らかな皮膚の感触を愛(いと)しく思った。

——一人だけで、十分だけど……。

シュアンの愛撫(あいぶ)を受けながら、トキハは別室にいるブラッドを想う。

シュアン・真紅が一人しかいないのなら、今こうしていることになんの問題もないけれど、一人外れているブラッドの存在が気になった。

「あ……ぅ」

自分はとても幸せで心地好く、シュアンもおそらく同じように感じてくれている。

太腿（ふともも）に触れている彼の分身は硬く熱く、愛情を信じるに足る存在感があった。

首筋から鎖骨、そして胸を、唇で辿（たど）られるのも気持ちがいい。

開かれた脚の間に向かっていくキスに、膝が震える。

手指で触れられるだけでもたまらなくなる性器に、シュアンの唇が触れた。

思わず「んあっ」と大きめの声を漏らしたトキハは、隣室に続く扉に目を向ける。

隣の部屋まで聞こえてしまったのではないかと焦り、聞こえてしまった場合の、ブラッドの気持ちを考えた。

好きでいてくれるなら、それはきっと面白くないことだ。

自分が彼の立場だったら、一人だけのけ者になっている状態はさみしい。

「シュアン様……あの……っ」

巧みな口淫に溶かされながら、トキハはシュアンの髪に指を絡める。

どうした——というように顔を上げたシュアンに、「あの……」と二度も繰り返した。

自分が今ふと思いついたことを、この状況で口にしてよいのかわからない。いうも憚（はばか）られることではないかと怖くなり、迷い迷ってなかなか言葉にできなかった。

「――どうかしたのか？」

顔を上げて訊いてくれるシュアンの声は穏やかで優しくて、許された気になる。

思うままにいってもいい気がして、トキハは思いきって口を開いた。

「……あの……セ、セックスは……三人でしたら、いけないんでしょうか？」

勇気を出していった言葉に、顔がカッと熱くなる。

はしたないことをいっているのかもしれないが、言葉にしてみてようやくわかった。

好きになった人が二人いると知ってしまった以上、どちらとも一緒にいたい。

とても仲のよいシュアンとブラッドの兄弟が、揃っている状態が好きだ。

「トキハ……」

「ごめんなさい……非常識かもしれないけど、でも、そうしたくて……」

庭の林の中でバーベキューをしたときの、三人ですごす時間をベッドにも持ち込みたい。

常識的でないことはわかっているけれど、心はそちらのほうに向いている。

隣の部屋にいるブラッドを、ここに呼びたくてしかたがない。

「トキハ……本当にいいのか？」

「――はい」

「君がいいなら、俺たちに異存はない。今、連れてくる」

全裸に近い恰好（かっこう）になっていたトキハは、こくりとうなずいてバスローブを引き寄せた。

シュアンも同じようにして腰紐を結び直す。

薄闇の中を歩いていく後ろ姿を見ていると、これでいいのだと思えた。

シュアンにとってブラッドは他の男とは違うから――おそらくシュアンにも心苦しい想いやなにかしらひっかかるところがあったのだろう。

今夜のブラッドに明日の自分を重ねているのかもしれないが、いずれにしても思うところがあったのだ。

「トキハ」

シュアンが開けた扉の向こうから、ブラッドが現れる。

シュアンと違って寝間着を着ていて、信じられないものでも見るような目をしていた。

そんなふうにびっくりされると恥ずかしくなってしまい、トキハは上掛けを引き寄せて半分隠れる。冷静に考えると、やはりとんでもないことをいった気がした。

「――あの……三人で……って、思って……」

火に炙られたように顔が熱くなり、いったそばから変な汗が出てくる。

おかしな子だと思われていないか、下品だと思われていないか、不安が一気に駆け抜けた。

うれしそうな顔でもしてくれれば安心できるものを……ブラッドは本当におどろいていて、その口は「それでいいのか?」と疑り深い。

「そ、そんなに意外なことでしたか?」

「期待すらしてなかったくらい意外だった。俺はもちろんうれしい」

寝間着姿でベッドの横まで来た彼は、「薄々わかっているかもしれないが、俺は、普通じゃないやり方が好きなタイプだ」と、耳元でささやいてくる。

「——鞭で打ったりとか、好きなんですか？」

「白いお尻に手形をつけるのは好きだな、縛るのも好きだ。嫌がる子にはやらないが」

オークションの夜の出来事を思い返したトキハは、ぞくんと背筋がざわつくのを感じた。

サスペンダーで打たれたときは不安で怖くて痛かったけれど、相手が彼なら……ブラッドにやられるとわかっているなら、さほど怖くはない。

「俺の前でそんな真似はさせないぞ。かわいそうなのは嫌いだ」

兄のシュアンが厳しい声でいうと、ブラッドは「わかってるよ」と苦笑する。

どうやら今夜はぶたれることはないらしい。ひとまず少し安心した。

「トキハ……俺のことを考えてくれたんだろう？」

身を屈めたブラッドが唇を寄せてきて、「ありがとう」とこめかみにキスをされる。

トキハは黙って二人を見上げ、これでよかったのだと思った。

二人揃っている姿を見たのは今日が初めてだけれど、とても好きで、自然に感じる。

他人の前に一緒に現れない二人が、自分の前にはいてくれる。これは特別な幸福だ。

「……ん、ぅ」

ブラッドのキスを唇に受け、襟足をそっとなで上げられる。

二人が同時にベッドに膝を乗せたため、寝台がわずかに軋(きし)んだ。

すでに火照った体に、高まる鼓動が鳴り響く。

ドキドキと鳴る、ときめきと期待の音だ。

「トキハ……」

左右から名前を呼ばれて、目を閉じるとどちらがどちらかわからなくなる。

右側にいて、寝間着のボタンを外しながら迫ってくるのがブラッド。左側にいて、バスローブの腰紐をほどいているのがシュアン――そう認識したときにはもう、裸にされて足を開かれていた。

「……く、ぁ」

シュアンが口淫の続きを始め、ブラッドはキスを続ける。

一人を相手にしたのでは決して得られない充足感に、早くも体が反応していた。

キスをされながらブラッドに抱え上げられ、彼が後ろに回ろうとしているのを察する。

唇は離れてしまったが、背中にブラッドの胸が密着した。

筋肉質で盛り上がった胸は、意外とやわらかくて気持ちがいい。

「あ……っ！」

後ろから抱えられて膝裏をつかまれ、ぐわりと開脚させられた。

シーツに埋まっていた腰が浮き上がり、シュアンに向かってすべてを晒される。

オークションのときと同じような恰好をさせられ一瞬緊張したが、それもブラッドが耳元にささやくまでのことだった。「兄さんには、まだ全部見せてないいんじゃないか?」と甘やかな声でいわれると、恥ずかしい恰好も受け入れられる。

「お前の体は隅から隅まで美しい。堂々と、すべて見せてやるといい」

さらにささやいてくるブラッドに従い、トキハは足腰の力を抜いた。

股関節が柔軟に開いて、双丘の狭間にある後孔までシュアンに見せることになる。

口淫を手淫に変えたシュアンは、トキハが晒したところに視線を落とした。

青く美しい目に映っているものを想像すると恥ずかしくてたまらなかったが、もう子供ではないので、男の欲望というものをわかっている。同性を好む大人の男は、普段は隠された肉の狭間の小さな孔を……見たいものなのだ。それもまた愛の行為の一つなのだ。

「──先にお前が見たのは気に食わないが、確かに美しい体だ。薄桃色で、そそられる」

「あ、ぁ……っ」

シュアンはそういいながら身を低め、トキハの双珠にキスをする。

この上なく品のよい唇で、かぷりと大きく、片方を食むようにくわえた。

奮い立つ性器を指でいじられているうえに、袋の中の双珠までこすり合わされて、トキハは快楽のあまり精の一部を放ってしまう。

「……ぅ、あ……シュアン様……」

濃厚なジェル状の白い精がシュアンの頬にかかり、口角まで流れた。

それをぺろりと舐める舌を見ていると、さらに精を噴いてしまう。

自分の未熟さが恥ずかしくてたまらなかったが、シュアンの満足げな表情に救われた。

二人がよろこんでくれるなら、なんでもいい、どんな羞恥にも痛みにも耐えられる——そう腹をくくるトキハの思いを知ってか知らずか、後ろから両胸をやんわりと揉まれる。

「あ、ぁ……っ」

解放された膝裏の代わりに胸の肉を大きく揉まれ、先端を指でまさぐられた。

ブラッドの行為は痛みとは無縁のもので、どうしようもなく気持ちがいい。

揉めるほどたっぷりと胸筋がついているわけではないものの、かき集めるように両手で揉みほぐされて、乳首がぴいんと勃ってしまう。

「は、ぁ……や……ぁ！」

後ろにいるブラッドに耳を甘嚙みされ、乳首の先端をつまんではこすられる。

前にいるシュアンの唇は下へ下へと移動して、後孔を指と舌でほぐされた。

燃えるように顔が熱く、羞恥と快楽にのみ感覚を支配される。

他にはなにもわからなくなるくらい呑まれて、何度も精を放ってしまった。

たまらなくいいけれど、二人に流されるばかりではなく、自分からもなにかしたくなる。

「お、俺も……口で……」

勇気を出していってみると、ブラッドが「いいのか？」と訊いてくる。

初めて後ろでした相手がブラッドだったので、口でする相手は、シュアンのほうにするべきでは……と思ったトキハだったが、どちらが最初かという問題よりも強い欲求があるらしく、シュアンは後孔への挿入を望んでいる様子だった。

潤滑ゼリーを手に取ってトキハの後孔を拡げながら、時折静かに息をついている。

手つきは決して性急ではないものの、欲求は十分に感じられるものだった。

「――口で、したいです」

ブラッドの問いに答えると、揉まれていた胸を解放される。

シーツに押し倒されたトキハは、口に迫るブラッドの性器に手を添えた。

ずっしりと重たい肉の感触に、ひどく淫らな気分になる。

抵抗は微塵もなく、むしろ味わいたい欲求のほうが強かった。

先端に軽くキスをしてから舐めて、はむっと食らいつく。

その瞬間に一際硬くなったブラッドの性器から、少し塩味のする先走りがしみ出した。

「……く、ふ……ぅ」

滴るものを舐め取ってさらに吸うと、脚の間でシュアンが動きだす。

これまで丁寧にほぐされたところが、彼を迎えられる状態になったようだった。

久しぶりの行為に、ますます胸が高鳴る。

「――ぅ」

ずぷりと、シュアンの猛り(たけ)が迫ってきた。

上の口も下の口も重厚な肉に責められて、喘(あえ)ぐ声すら出てこない。

指や舌でどれほどほぐされても、やはり狭い肉の孔(あな)が、ぐぐぐっと内からこじ開けられた。

「ん、んん……ん――っ!」

「――ッ」

声にならない声を上げるトキハと共に、二人も呼吸を乱していた。

こんなときまで息が合っている二人が、共に甘く湿った吐息を漏らす。

ああ、気持ちがいいのだ……自分だけではなく、彼らもとてもいい気分でいるのだ――そう思うとうれしくて、胸も体もくすぐったくなった。

「トキハ……ッ」

「トキハ……ッ」

口の奥をジュプジュプと突いてくるブラッドと、トキハの上で緩やかに前後するシュアンが、同時にトキハの名を口にした。

同じ声、同じ調子で……けれども快楽の度合いは少し違う。

シュアンのほうがより艶めいていて、後孔へ挿入する者のよろこびが伝わってきた。

口を突いてくるブラッドが、「俺も早く挿れたい」とささやいてくる。

「……ん、ぅ、く」

トキハはブラッドがより快感を得られるよう、口をすぼませ、上下の唇で圧を加えた。

そうしながら舌を可能な限り動かして孔を探ると、ブラッドは「口も、いいけど……っ」と、
艶っぽい声で褒めてくれる。

この体を使って、シュアンとブラッドが気持ちよくなってくれている――それが無性にうれしくて、トキハは両手を広げて二人に伸ばした。

シュアンのうなじに左手を添え、ブラッドの腰に右手を添えて、二人を引き寄せる。

もっと深く、もっと激しく欲しくて、ぐっと寄せながら後孔と唇に力を込めた。

より気持ちよくなってほしいと願いながらそうすると、自分もまた感じる。

「ん、ぅ……う――っ！」

脚の間の屹立から精が噴きだし、シュアンと自分の胸を打った。

ブラッドが「達くよ」と声を低め、舌の上にどぷりと出してくる。

濃厚で、きっと不透明なくらいの白いものが、奥歯のさらに奥まで広がった。

青くて生々しくて不味いはずの精の味が、媚薬のように効く。何故か、いい匂いの美味しいもののように感じてしまう。

「ぐ、ぅ……ふ、ぅ」

ごくんと飲むと、股間や胸にキンとした刺激が伝わった。

膝がガクガクと震える。知らなかった自分が目覚めるような感覚だった。

さらに噴きだしてしまった精が首にまでかかり、生温かい。もう止まらなくなっていた。

達きすぎて苦しいけれど、もっと抱いてほしい。喉や前立腺への刺激だけで達った自分に、
シュアンが「いい子だ」と声をかけてくれたので、安心して達することができた。

「ん、ぅ……んん——！」

「——ッ、ゥ」

ブラッドに続いてシュアンが達し、体の中で大きく脈打つ。

彼の胸にある力強い心臓の音が、腹の奥まで響いてくるようだった。

ドクンドクンと激しく鳴って、熱くて、ねっとりと重たいものを注ぎ込まれる。

そのまま唇を塞がれ、シュアンの体の重みも感じることができた。

「……ふ、ぅ」

ブラッドの精液に塗れた口を、シュアンに探られ舌を絡められる。

他の男のものなど普通に考えればいやなはずだが、シュアンにとってブラッドは自分自身と
同じような存在なのかもしれない。そんなことよりもとにかくキスをしたいという想いを感じ、
トキハは夢中でシュアンの唇を吸った。

「く、は……ぅ」

「――ッ、ン……」

萎えることを知らないシュアンの性器が、ゆっくりと引いていく。

つながりがなくなる前にまた戻ってきて、蜜濡れたところをずぷりと挿された。

あっ……と声を上げかけたが、衝撃のあまり喉奥がヒュッと鳴るだけで声など出ない。

前後に動くシュアンの体を受け止めながら、トキハは隣にいるブラッドに目をやった。

シュアンとブラッドの目――まったく同じ色の碧眼が、すべて自分に向けられている。

ブラッドは「兄さん、二回もずるいな」と身を屈め、トキハの乳首に吸いついた。

「ふ、あ……ぁ！」

過敏になって尖った乳首を齧っては吸われ……シュアンには奥を突かれて、トキハは唾液を溢れさせながら身悶える。口を拭う余裕などなく、ずんっと奥にやって来るシュアンによって全身を揺さぶられた。

そのまましばらく突かれ続け、くたくたになったところで体を裏返される。

つながったままぐるりと返されて、一瞬なにが起きているのかわからなかった。

四つん這いになって初めて状況を把握し、またわけがわからなくなるまで腰を突かれる。

「ひ、ぁ……あ、ぁ――っ！」

何度目の絶頂を迎えたのか、ぼうっと考えている間にシュアンの精を注がれた。

ブラッドは崩れそうなトキハの上体を支えながら、胸や尻をまさぐってくる。

体の中が濃厚な精液でいっぱいで、自分もまたドロドロに溶けそうだった。

過度の快楽に息が上がり、もう無理だと思った矢先にブラッドが後ろに回る。

シュアンとのつながりがとけて、くたっと倒れかけた体を後ろから掬(すく)い上げられた。

「――他の男の精液で満ちた孔なんて、本来なら絶対に無理なのにな」

ブラッドはそういうと、「自分のだと思うとそそられる」と笑う。

兄と自分は別人であり同一でもあり、嫌悪を抱く対象ではないのだろう。

本当にそそられるようで、低い声で「最高だな」とつぶやきながら入ってきた。

「や、あ……っ！」

とっぷりと満ちたところに性器を挿され、中にあった精液が一気に押しだされる。

尻と内腿に幾筋も流れるうえに、ひどく粘っこい。

ねちゃねちゃとした抽挿音が響いた。

ああ、なんていやらしい行為なのか……なんて気持ちいいのか、とても正気ではいられない。

「は、ぅ……あ、は……っ」

「――トキハ……お前の中は……っ、最高だ」

「君は本当に最高だ。トキハ……」

四つん這いのまま突かれて、はぁはぁと息を乱しているとシュアンにキスをされる。

前にいるのがシュアンで後ろにいるのがブラッドだと認識しているが、本当にそうなのか、

確信が持てなくなるくらい激しく突かれた。

「──ふあ、ぁ……あぁ……！」

最早自分が達っているのか達っていないのかもわからず、シュアンのキスに応えて舌を出すことすらできなくなる。荒々しい大波に揺らされる小船のように無力に……前後にがくがくと突き揺らされるばかりだった。

──三人でしたいなんて、いったせいで……こんなことに……。

二人に同時に愛されるよろこびは途轍もなく、それでいて実にハードだ。

次にまたこうするときは──おそらく明日の夜は、もう少し休憩を入れてもらおうと、心に決めたトキハだった。


目が覚めると長い夜が明けていて、カーテンの隙間から光が射し込んでいた。

右を見るとシュアン……あるいはブラッドが寝ていて、左も同じだ。

二人とも上半身は裸で、下はパジャマのズボンを穿いている。

上掛けをかろうじて脚にかけているくらいの半裸状態だが、部屋が十分に暖かいので問題はないだろう。

冬の朝とは思えない温もりを感じながら、トキハは右を見て、左を見て、上を見る。

ああ、これって川の字だ——と認識すると、なんだかとても感慨深いものがあった。

両親に挟まれて寝た経験がないので、大人になった自分が川の字の真ん中に寝ていることが不思議でならない。

この屋敷でシュアンと過ごした夜はいつも二人きりだったし、実際にはシュアンではなく、ブラッドだったときもあったわけだが……いずれにしても二人きりだった。

——本当にそっくりだ。寝てたら全然わからない……起きてて、二人で会話とかしていれば見分けがつくかもしれないけど、それは会話の内容でわかるってだけで……たぶん黙ってたらわからないんだろうな……。

三人で過ごした夜を思い返すと顔がぽっぽと熱くなって恥ずかしくなるけれど、あのような行為を経てもまだ見分けがつかないのは少し情けなかった。

愛が足りないのではないかと自省してしまう。

こういう場合、恋人の自分だけは寝ていても見分けがつく——といった、特別な力がないといけない気がした。

——右が……シュアン様、かな？　なんとなくだけど、それっぽい。左の人の寝顔のほうが、奔放なイメージ……ほんとに、なんとなくだけど……。

見分けるというよりは当てる形になっていたが、それでも当たれば前進に違いない。

二人が目を覚ましたら、訊いてみようと思った。

否、外れていた場合は朝から失礼なことになってしまうので……訊くというよりは、黙って二人の会話などから判断したほうがいいかもしれない。

当たっていたら、内心ぐっと拳を握ることにしよう。

――当たるかな……当たるといいな……。

トキハは右を見て、左を見て、それからまた上を見る。

もう眠くはなかったけれど、川の字の真ん中でまぶたを閉じた。

あとがき

こんにちは、犬飼(いぬかい)ののです。

本書を御手に取っていただき、ありがとうございました。

雑誌掲載の話を大胆に書き直し、後日談をつけた本書……いかがでしたでしょうか。

自分としては、改稿前も改稿後も、とにかくエロを頑張った作品だなと思っています。

雑誌掲載の段階で、エロが長すぎてカットしたくらいでした。

改稿によってトキハは肉体的にも精神的にもよりひどい目に遭ったうえに、これからも夢に向かって走り続ける運命なので……恋愛面ではたっぷり癒やされ、可愛がられて幸せになってほしいです。


本編中で詳しく書けなかったんですが、シュアンは生まれも育ちもいいところの坊ちゃんで、だからこそ余計に不吉だなんだと迷信に振り回された感じです。

没落後は苦労に苦労を重ね、今の地位まで上り詰めました。それでも罪の意識に耐えかねて素性を前局長に告白したんですが、公になるとあまりにも大変な不祥事になってしまうので、

「墓まで持っていってくれ！」と頼み込まれて今に至ります。今後も集中力と記憶力が必要な生活が続くと思いますが、ずっと上手く、そして仲よくやっていってほしいです。

ここまで読んでくださった読者様、世界観が伝わる美麗なイラストを描いてくださったみずかねりょう先生、担当様や関係者の皆様、本当にありがとうございました。

犬飼のの

この本を読んでのご意見、ご感想を編集部までお寄せください。

《あて先》〒141-8202 東京都品川区上大崎3-1-1 徳間書店 キャラ編集部気付
「仮面の男と囚われの候補生」係

【読者アンケートフォーム】

QRコードより作品の感想・アンケートをお送り頂けます。

Chara公式サイト http://www.chara-info.net/

■初出一覧

仮面の男と囚われの候補生……小説Chara vol33
（2016年1月号増刊）掲載作を加筆修正しました。
初めての蜜月……書き下ろし

2023年1月31日　初刷

著者　犬飼のの
発行者　松下俊也
発行所　株式会社徳間書店
〒141-8202　東京都品川区上大崎3-1-1
電話　049-293-5521（販売部）
03-5403-4348（編集部）
振替　00140-0-44392

Chara

仮面の男と囚われの候補生

……【キャラ文庫】

印刷・製本　図書印刷株式会社
カバー・口絵　近代美術株式会社
デザイン　百足屋ユウコ＋タドコロユイ（ムシカゴグラフィクス）

定価はカバーに表記してあります。

本書の一部あるいは全部を無断で複写複製することは、法律で認められた場合を除き、著作権の侵害となります。

乱丁・落丁の場合はお取り替えいたします。

© NONO INUKAI 2023

ISBN978-4-19-901089-7

犬飼ののの本

好評発売中

［暴君竜の純愛］

暴君竜を飼いならせ番外編2

イラスト✦笠井あゆみ

超進化型Ｔレックスの血を引く可畏（かい）と、その伴侶の潤（じゅん）に、奇跡の卵が宿り可愛い双子が誕生——!! 竜人の特殊能力を持つ双子の育児奮闘記と、水竜王・蛟（みずち）の子育て指南、お付き竜人たちと迎えた卒業式、恐竜だらけの南の島への家族旅行——。さらに、三人目の我が子・ミハイロを迎えた可畏と潤の婚約式に、招かれざる客が現れて!? 書き下ろし新作「欲深き肉食の婚約者」も収録した番外編集第二弾!!

犬飼ののの本

好評発売中

［暴君竜の純情］

暴君竜を飼いならせ番外編1

イラスト✦笠井あゆみ

恐竜の血を輸血され、特殊能力に目覚めた高校生・潤と、超進化型Ｔレックスの遺伝子を持つ可畏との、刺激的な学院生活——。竜人入り乱れる球技大会や、映画館貸し切りのデート、可畏に抱かれる潤を熱を孕んだ視線で見つめるお付き竜——これまでに発表された掌編を完全網羅した番外編集第一弾!!　水竜王・蛟と潤の親友・森脇との運命的な邂逅「人魚王を飼いならせ」も大幅加筆で収録♡

犬飼ののの本

好評発売中

「最愛竜を飼いならせ」

暴君竜を飼いならせ10

イラスト✦笠井あゆみ

血を引く我が子を、どうしてツァーリの元に帰したんだろう——。取り戻した日常の中、悔恨に暮れていた潤。そんな折、ツァーリからミハイロとの再会を提案される。けれどその条件は、潤と双子だけでエリダラーダを訪れること!? 悩む潤は、可畏と共にツァーリが待つ地に向かい…!? ミハイロに父親の名乗りを上げたい可畏と、後継者として育てたいツァーリ——二体の巨大恐竜、湿原の最終決戦!!

犬飼ののの本

好評発売中

［少年竜を飼いならせ］
暴君竜を飼いならせ9
イラスト✦笠井あゆみ

竜人界の何人からも襲われず、身の安全を保証する絶対不可侵権――誰もが欲する権利を潤(じゅん)に献呈したのは、巨大毒竜の影を背負い、自ら学園に現れたツァーリ。血相を変える可畏(かい)をよそに、逡巡しつつも潤は、家族の安全のために受け取ってしまう。ところがそれは、潤の存在を知らない全世界の竜人に、潤が超重要人物だと知らしめることで…!? 取り戻した日常に忍び寄る、ツァーリの巧妙な罠!!

犬飼ののの本

好評発売中

「皇帝竜を飼いならせII」

暴君竜を飼いならせ8

イラスト◆笠井あゆみ

潤(じゅん)を拉致した竜人組織トップのツァーリの目的――それは潤を妃にして自分の子供を産ませること!!　潤を奪われ憤怒に燃える可畏(かい)は、母を恋しがる双子を世話しつつ奪還計画を練る。一方、連れ去られた潤は、毒を用いて洗脳するツァーリを自分の夫だと記憶操作され、双子がいない喪失感に苦しみ…!?　ロシアの巨大氷窟で暴君竜と皇帝竜が対峙する――子の親となった竜王・可畏の史上最大の試練!!

犬飼ののの本

好評発売中

「皇帝竜を飼いならせI」

暴君竜を飼いならせ7

イラスト✦笠井あゆみ

全世界の竜人を束ねる組織のトップは、毒を操る皇帝竜!! しかも千年の昔から生き続け、誰もその姿を見た者はいない謎の巨大恐竜らしい!? 潤と双子の出頭要請を断ったことで、組織に拉致されるのを警戒していた可畏。心配と焦燥を募らせる中、潤が憧れるロシア人カリスマモデル・リュシアンとの競演が決定!! 厳戒態勢を敷く可畏の危惧をよそに、新ブランドの撮影が行われることになり!?

犬飼ののの本

好評発売中

「幼生竜を飼いならせ」

暴君竜を飼いならせ6

イラスト✦笠井あゆみ

恐竜の影はないけれど、生後一か月で一歳児並みに成長!! 未知の能力を秘めた双子を可畏と立派に守り育てる――!! 決意を新たにした潤は、大学進学を控え子育てと進路に悩んでいた。可畏をパートナーとして支えるか、モデルに挑戦するのか――ところがある日、双子がクリスチャンの眼前で水と重力を操る能力を発動させてしまった!? 研究対象に目の色を変える父親に可畏は大激怒して…!?

犬飼ののの本

好評発売中

[卵生竜を飼いならせ]

暴君竜を飼いならせ5

イラスト✦笠井あゆみ

竜人界を統べる王となり、潤（じゅん）を絶対不可侵の王妃にする――。双竜王を倒し、改めて潤を守り切ると誓った可畏（かい）。ところが潤は双竜王に拉致されて以来、断続的な胃痛と可畏の精液を飲みたいという謎の衝動に駆られていた。翼竜人リアムの血を体内に注射されたことで、潤の体が恐竜化し始めている…!?　心配する可畏だが、なんと潤の体に二つの卵――可畏との新しい命が宿っていると判明して!?

犬飼ののの本

好評発売中

「双竜王を飼いならせ」

暴君竜を飼いならせ4

イラスト✦笠井あゆみ

欧州を手中に収めた竜王が、アジアの覇王・可畏の座を狙っている⁉　各国のVIPが集う竜嵜家のパーティーに現れたのは、ギリシャ彫刻のような美貌の双子の兄弟――イタリアマフィアの御曹司・ファウストとルチアーノ‼「この子、気に入ったな。このまま連れて帰れない？」凶暴で好色なリトロナクスの影を背負う双子は、潤の美貌と水竜の特殊能力に目をつけ、可畏と共に攫おうとするが…⁉

犬飼ののの本

好評発売中

「暴君竜を飼いならせ」シリーズ1〜3以下続刊

イラスト◆笠井あゆみ

この男の背後にある、巨大な恐竜の影は何なんだ…!?　通学途中に事故で死にかけた潤(じゅん)の命を救ったのは、野性味溢れる竜嵜可畏(りゅうざきかい)。なんと彼は、地上最強の肉食恐竜・ティラノサウルスの遺伝子を継ぐ竜人だった!!　潤の美貌を気にいった可畏は「お前は俺の餌だ」と宣言!!　無理やり彼が生徒会長に君臨する高校に転校させられる。けれどそこは、様々な恐竜が跋扈(ばっこ)する竜人専用の全寮制学院だった!?

キャラ文庫最新刊

仮面の男と囚われの候補生

犬飼のの
イラスト✦みずかねりょう

オッドアイが不吉とされ、孤児院で疎まれていた鴇羽。庶民から官人に上り詰めた憧れの人と、娼館のオークション会場で再会して!?

オタク王子とアキバで恋を

秀 香穂里
イラスト✦北沢きょう

北欧の美貌の王子アルフォンスは、実はかなりのゲームオタク。憧れのゲームクリエイターに会うため、身分を隠し来日するけれど!?

竜頭町三丁目帯刀家の暮らしの手帖 毎日晴天! 番外編2

菅野 彰
イラスト✦二宮悦巳

担当作家に優しく声をかける大河に、秀が嫉妬!! はた迷惑な痴話喧嘩に発展して――!? 文庫未収録作品が満載の、番外編集第2弾♡

2月新刊のお知らせ

海野 幸 イラスト✦十月 [今度は死なせません!(仮)]
尾上与一 イラスト✦草間さかえ [セカンドクライ]
西野 花 イラスト✦笠井あゆみ [月印の者(仮)]

2/28(火)発売予定